HIMNO / ANTHEM

AYN RAND

Título Original: Anthem

Diseño de cubierta: Fotomontaje de fotografía original de © Esparta Palma, 2006

ISBN: 1492997102
ISBN-13: 978-1492997108

Si usted quiere propagar una idea ultrajantemente malvada (basada en doctrinas tradicionalmente aceptadas), su conclusión debe ser desvergonzadamente clara, pero su prueba ininteligible.

If you want to propagate an outrageously evil idea (based on traditionally accepted doctrines), your conclusion must be brazenly clear, but your proof unintelligible.

AYN RAND

PART ONE

It is a sin to write this. It is a sin to think words no others think and to put them down upon a paper no others are to see. It is base and evil. It is as if we were speaking alone to no ears but our own. And we know well that there is no transgression blacker than to do or think alone. We have broken the laws. The laws say that men may not write unless the Council of Vocations bid them so. May we be forgiven!

But this is not the only sin upon us. We have committed a greater crime, and for this crime there is no name. What punishment awaits us if it be discovered we know not, for no such crime has come in the memory of men and there are no laws to provide for it.

It is dark here. The flame of the candle stands still in the air. Nothing moves in this tunnel save our hand on the paper. We are alone here under the earth. It is a fearful word, alone. The laws say that none among men may be alone, ever and at any time, for this is the great transgression and the root of all evil.

PRIMERA PARTE

Es un pecado escribir esto. Es un pecado pensar palabras que ningunos otros piensan y recogerlas por escrito en un papel que ningunos otros han de ver. Es bajo y malo. Es como si estuviéramos hablando a solas para no más oídos que los nuestros. Y sabemos bien que no existe transgresión más vil que hacer o pensar solos. Hemos quebrantado las leyes. Las leyes dictan que los hombres no deben escribir a menos que el Consejo de Vocaciones así se lo ordene. ¡Que nos perdonen!

Pero este no es nuestro único pecado. Hemos cometido un crimen mayor, y para este crimen no existe nombre. Qué castigo nos espera si lo descubrieran no lo sabemos, pues un crimen similar ni siquiera consta en la memoria de los hombres y no existen leyes que lo contemplen.

Está oscuro aquí. La llama de la vela permanece inmóvil en el aire. Nada se mueve en este túnel excepto nuestra mano sobre el papel. Estamos solos aquí bajo la tierra. Es una palabra temible, solos. Las leyes dicen que ningunos entre los hombres deben estar solos, jamás y en ningún momento, pues esta es la mayor transgresión y la raíz de todo mal. Pero nosotros hemos

But we have broken many laws. And now there is nothing here save our one body, and it is strange to see only two legs stretched on the ground, and on the wall before us the shadow of our one head.

The walls are cracked and water runs upon them in thin threads without sound, black and glistening as blood. We stole the candle from the larder of the Home of the Street Sweepers. We shall be sentenced to ten years in the Palace of Corrective Detention if it be discovered. But this matters not. It matters only that the light is precious and we should not waste it to write when we need it for that work which is our crime. Nothing matters save the work, our secret, our evil, our precious work. Still, we must also write, for —may the Council have mercy upon us!— we wish to speak for once to no ears but our own.

Our name is Equality 7-2521, as it is written on the iron bracelet which all men wear on their left wrists with their names upon it. We are twenty-one years old. We are six feet tall, and this is a burden, for there are not many men who are six feet tall. Ever have the Teachers and the Leaders pointed to us and frowned and said:

"There is evil in your bones, Equality 7-2521, for your body has grown beyond the bodies of your brothers." But we cannot change our bones nor our body.

We were born with a curse. It has always driven us to thoughts which are forbidden. It has always given us wishes which men may not wish. We know that we are evil, but there is no will in us and no power to resist it. This is our wonder and our secret fear, that we know and do not resist.

We strive to be like all our brother men, for all men must be alike. Over the portals of the Palace of the World Council, there are words cut in the marble, which we repeat to ourselves when-

quebrantado muchas leyes. Y ahora no hay nada aquí excepto nuestro único cuerpo, y es extraño ver solamente dos piernas desplegadas sobre el suelo, y en el muro ante nosotros la sombra de nuestra única cabeza.

Los muros están agrietados y el agua se desliza sobre ellos en finos hilos sin sonido, negros y relucientes como sangre. Robamos la vela de la despensa de la Casa de los Barrenderos. Seríamos sentenciados a diez años en el Palacio de Detención Correccional si lo descubrieran. Pero esto no importa. Lo único que importa es que la luz es preciosa y no deberíamos malgastarla en escribir cuando la necesitamos para ese trabajo que es nuestro crimen. Nada importa excepto el trabajo, nuestro secreto, nuestro maligno, nuestro precioso trabajo. Aun así debemos también escribir, pues —¡Que el Consejo tenga piedad de nosotros!— deseamos hablar por una vez para no más oídos que los nuestros.

Nuestro nombre es Igualdad 7-2521, tal y como está escrito en el brazalete de hierro que todos los hombres llevan en sus muñecas izquierdas con sus nombres inscritos en ellos. Tenemos veintiún años. Medimos un metro noventa, y es un lastre, pues no hay muchos hombres que midan un metro noventa. Siempre tenemos a los Profesores y a los Líderes señalándonos y frunciendo el ceño y diciendo:

«Hay maldad en vuestros huesos, Igualdad 7-2521, pues vuestro cuerpo ha crecido por encima del cuerpo de vuestros hermanos.» Pero no podemos cambiar nuestros huesos ni nuestro cuerpo.

Nacimos con una maldición que siempre nos ha conducido a pensamientos que están prohibidos. Que siempre nos ha infundido deseos que los hombres no pueden desear. Sabemos que somos malos, pero en nosotros no hay voluntad ni fuerza para evitarlo. Esta es nuestra singularidad y nuestro temor secreto, que lo sabemos y no lo evitamos.

Nos esforzamos por ser como nuestros hermanos hombres, pues todos los hombres deben parecerse. Sobre la columnata del Palacio del Consejo Mundial, hay palabras grabadas en el

ever we are tempted:

"WE ARE ONE IN ALL AND ALL IN ONE.
THERE ARE NO MEN BUT ONLY THE GREAT WE,
ONE, INDIVISIBLE AND FOREVER."

We repeat this to ourselves, but it helps us not.

These words were cut long ago. There is green mould in the grooves of the letters and yellow streaks on the marble, which come from more years than men could count. And these words are the truth, for they are written on the Palace of the World Council, and the World Council is the body of all truth. Thus has it been ever since the Great Rebirth, and farther back than that no memory can reach.

But we must never speak of the times before the Great Rebirth, else we are sentenced to three years in the Palace of Corrective Detention. It is only the Old Ones who whisper about it in the evenings, in the Home of the Useless. They whisper many strange things, of the towers which rose to the sky, in those Unmentionable Times, and of the wagons which moved without horses, and of the lights which burned without flame. But those times were evil. And those times passed away, when men saw the Great Truth which is this: that all men are one and that there is no will save the will of all men together.

All men are good and wise. It is only we, Equality 7-2521, we alone who were born with a curse. For we are not like our brothers. And as we look back upon our life, we see that it has ever been thus and that it has brought us step by step to our last, supreme transgression, our crime of crimes hidden here under the ground.

We remember the Home of the Infants where we lived till we were five years old, together with all the children of the City who had been born in the same year. The sleeping halls

mármol, que nos repetimos a nosotros mismos cada vez que nos asalta la tentación:

«SOMOS UNO EN TODOS Y TODOS EN UNO.

NO EXISTEN HOMBRES SINO ÚNICAMENTE EL GRAN NOSOTROS,

UNO, INDIVISIBLE Y ETERNO.»

Nos lo repetimos a nosotros mismos, pero no nos ayuda.

Estas palabras fueron grabadas hace mucho tiempo. Hay moho verde en las muescas de las letras y vetas amarillas en el mármol, que proceden de hace más años de los que los hombres podrían contar. Y estas palabras son la verdad, pues están escritas en el Palacio del Consejo Mundial, y el Consejo Mundial es el cuerpo de toda verdad. Así ha sido desde el Gran Renacimiento, y ninguna memoria puede remontarse hasta mucho antes de eso.

Pero no debemos nunca hablar de los tiempos anteriores al Gran Renacimiento, o de lo contrario somos sentenciados a tres años en el Palacio de Detención Correccional. Son solo Los Viejos quienes murmuran sobre ello por las noches, en la Casa de los Inútiles. Murmuran muchas cosas extrañas, acerca de las torres que se elevaban hasta el cielo, en aquellos Tiempos Innombrables, y acerca de los vagones que se desplazaban sin caballos, y sobre las luces que ardían sin llama. Pero aquellos tiempos eran malignos. Y aquellos tiempos pasaron, cuando los hombres vieron la Gran Verdad que es ésta: que todos los hombres son uno y que no existe más voluntad que la voluntad de todos los hombres juntos.

Todos los hombres son buenos y sensatos. Somos solamente nosotros, Igualdad 7-2521, nosotros únicamente quienes nacimos con una maldición. Pues nosotros no somos como nuestros hermanos. Y cuando echamos la vista atrás hacia nuestra vida, vemos que siempre ha sido así y que eso nos ha llevado paso a paso hasta nuestra última, suprema transgresión, nuestro crimen de crímenes escondidos aquí bajo la tierra.

Recordamos la Casa de los Infantes donde vivimos hasta los cinco años, junto con todos los niños de la Ciudad que nacieron

there were white and clean and bare of all things save one hundred beds. We were just like all our brothers then, save for the one transgression: we fought with our brothers. There are few offenses blacker than to fight with our brothers, at any age and for any cause whatsoever. The Council of the Home told us so, and of all the children of that year, we were locked in the cellar most often.

When we were five years old, we were sent to the Home of the Students, where there are ten wards, for our ten years of learning. Men must learn till they reach their fifteenth year. Then they go to work. In the Home of the Students we arose when the big bell rang in the tower and we went to our beds when it rang again. Before we removed our garments, we stood in the great sleeping hall, and we raised our right arms, and we said all together with the three Teachers at the head:

"We are nothing. Mankind is all. By the grace of our brothers are we allowed our lives. We exist through, by and for our brothers who are the State. Amen."

Then we slept. The sleeping halls were white and clean and bare of all things save one hundred beds.

We, Equality 7-2521, were not happy in those years in the Home of the Students. It was not that the learning was too hard for us. It was that the learning was too easy. This is a great sin, to be born with a head which is too quick. It is not good to be different from our brothers, but it is evil to be superior to them. The Teachers told us so, and they frowned when they looked upon us.

So we fought against this curse. We tried to forget our lessons, but we always remembered. We tried not to understand what the Teachers taught, but we always understood it before the Teachers had spoken. We looked upon Union 5-3992, who

el mismo año. Las salas para dormir allí eran blancas y limpias y estaban despojadas de todas las cosas excepto cien camas. Nosotros éramos exactamente como todos nuestros hermanos entonces, salvo por la única transgresión: nosotros peleábamos con nuestros hermanos. Existen pocas ofensas más viles que pelear con nuestros hermanos, a cualquier edad y por cualquier causa de cualquier tipo. El Consejo de la Casa así nos lo dijo y, de todos los niños de ese año, nosotros fuimos los encerrados en el sótano con más frecuencia.

Cuando teníamos cinco años, fuimos enviados a la Casa de los Estudiantes, donde hay diez aulas, para nuestros diez años de aprendizaje. Los hombres deben aprender hasta que alcanzan su decimoquinto año. Después van a trabajar. En la Casa de los Estudiantes nos levantábamos cuando sonaba la gran campana en la torre e íbamos a nuestras camas cuando sonaba de nuevo. Antes de quitarnos la ropa, nos poníamos de pie en la gran sala de dormir y levantábamos nuestros brazos derechos, y decíamos todos junto con los tres Profesores a la cabeza:

«No somos nada. La humanidad lo es todo. Por la gracia de nuestros hermanos se nos permiten nuestras vidas. Existimos a través, para y por nuestros hermanos que son el Estado. Amén.»

Luego dormíamos. Las salas para dormir eran blancas y limpias y estaban despojadas de todos los enseres excepto cien camas.

Nosotros, Igualdad 7-2521, no éramos felices en aquellos años en la Casa de los Estudiantes. No era que el aprendizaje fuera demasiado duro para nosotros. Era que el aprendizaje era demasiado fácil. Este es un gran pecado, haber nacido con una cabeza que es demasiado rápida. No es bueno ser diferentes de nuestros hermanos, pero ser superior a ellos es malo. Los Profesores nos lo decían, y fruncían el ceño cuando nos miraban.

Así que luchábamos contra esta maldición. Intentábamos olvidar nuestras lecciones, pero siempre las recordábamos. Intentábamos no entender lo que los Profesores enseñaban, pero siempre lo entendíamos, antes de que los Profesores hubieran

were a pale boy with only half a brain, and we tried to say and do as they did, that we might be like them, like Union 5-3992, but somehow the Teachers knew that we were not. And we were lashed more often than all the other children.

The Teachers were just, for they had been appointed by the Councils, and the Councils are the voice of all justice, for they are the voice of all men. And if sometimes, in the secret darkness of our heart, we regret that which befell us on our fifteenth birthday, we know that it was through our own guilt. We had broken a law, for we had not paid heed to the words of our Teachers. The Teachers had said to us all:

"Dare not choose in your minds the work you would like to do when you leave the Home of the Students. You shall do that which the Council of Vocations shall prescribe for you. For the Council of Vocations knows in its great wisdom where you are needed by your brother men, better than you can know it in your unworthy little minds. And if you are not needed by your brother man, there is no reason for you to burden the earth with your bodies."

We knew this well, in the years of our childhood, but our curse broke our will. We were guilty and we confess it here: we were guilty of the great Transgression of Preference. We preferred some work and some lessons to the others. We did not listen well to the history of all the Councils elected since the Great Rebirth. But we loved the Science of Things. We wished to know. We wished to know about all the things which make the earth around us. We asked so many questions that the Teachers forbade it.

We think that there are mysteries in the sky and under the water and in the plants which grow. But the Council of Scholars has said that there are no mysteries, and the Council of Scholars knows all things. And we learned much from our

hablado. Mirábamos a Unión 5-3992, que eran un chico pálido con solo medio cerebro, y tratábamos de decir y hacer lo mismo que ellos, pensando que podíamos ser como ellos, como Unión 5-3992, pero de alguna forma los Profesores sabían que no lo éramos. Y éramos azotados más a menudo que todos los demás niños.

Los Profesores eran justos, pues habían sido designados por los Consejos, y los Consejos son la voz de toda justicia, pues son la voz de todos los hombres. Y si algunas veces, en la secreta oscuridad de nuestro corazón, lamentamos aquello que nos ocurrió en nuestro decimoquinto cumpleaños, sabemos que fue por nuestra propia culpa. Habíamos quebrantado una ley, pues no habíamos hecho caso a las palabras de nuestros Profesores. Los Profesores nos habían dicho a todos nosotros:

«No os atreváis a elegir en vuestras mentes el trabajo que os gustaría hacer cuando abandonéis la Casa de los Estudiantes. Haréis aquello que el Consejo de Vocaciones prescriba para vosotros. Pues el Consejo de Vocaciones comprende, en su gran sabiduría, dónde os necesitan vuestros hermanos hombres, mejor de lo que podéis saberlo vosotros en vuestras pequeñas e indignas mentes. Y si vuestros hermanos hombres no os necesitan, no hay razón para que carguéis a la tierra con vuestros cuerpos.»

Nosotros lo sabíamos bien, en los años de nuestra infancia, pero nuestra maldición quebrantó nuestra voluntad. Éramos culpables y lo confesamos aquí: éramos culpables de la gran Transgresión de la Preferencia. Preferíamos algunos trabajos y algunas lecciones a las otras. No escuchábamos apropiadamente la historia de todos los Consejos elegidos desde el Gran Renacimiento. Pero amábamos la Ciencia de las Cosas. Deseábamos conocer. Deseábamos saber acerca de todas las cosas que conforman la tierra a nuestro alrededor. Hacíamos tantas preguntas que los Profesores lo prohibieron.

Pensamos que existen misterios en el cielo y bajo el agua y en las plantas que crecen. Pero el Consejo de Eruditos ha dicho que no existen misterios, y el Consejo de Eruditos sabe todas las

Teachers. We learned that the earth is flat and that the sun revolves around it, which causes the day and the night. We learned the names of all the winds which blow over the seas and push the sails of our great ships. We learned how to bleed men to cure them of all ailments.

We loved the Science of Things. And in the darkness, in the secret hour, when we awoke in the night and there were no brothers around us, but only their shapes in the beds and their snores, we closed our eyes, and we held our lips shut, and we stopped our breath, that no shudder might let our brothers see or hear or guess, and we thought that we wished to be sent to the Home of the Scholars when our time would come.

All the great modern inventions come from the Home of the Scholars, such as the newest one, which was found only a hundred years ago, of how to make candles from wax and string; also, how to make glass, which is put in our windows to protect us from the rain. To find these things, the Scholars must study the earth and learn from the rivers, from the sands, from the winds and the rocks. And if we went to the Home of the Scholars, we could learn from these also. We could ask questions of these, for they do not forbid questions.

And questions give us no rest. We know not why our curse makes us seek we know not what, ever and ever. But we cannot resist it. It whispers to us that there are great things on this earth of ours, and that we can know them if we try, and that we must know them. We ask, why must we know, but it has no answer to give us. We must know that we may know.

So we wished to be sent to the Home of the Scholars. We wished it so much that our hands trembled under the blankets in the night, and we bit our arm to stop that other pain which

cosas. Y nosotros aprendimos mucho de nuestros Profesores. Aprendimos que la tierra es plana y que el sol gira alrededor de ella, lo que causa el día y la noche. Aprendimos los nombres de todos los vientos que soplan sobre los mares y empujan las velas de nuestros grandes barcos. Aprendimos cómo sangrar a los hombres para curarles de todos los padecimientos.

Nosotros amábamos la Ciencia de las Cosas. Y en la oscuridad, en la hora secreta, cuando nos levantábamos por la noche y no había hermanos a nuestro alrededor, sino únicamente sus siluetas en las camas y sus ronquidos, cerrábamos nuestros ojos, y manteníamos nuestros labios sellados, y conteníamos nuestra respiración para que ninguna sacudida permitiera a nuestros hermanos ver u oír o adivinar, y pensábamos que deseábamos ser enviados a la Casa de los Eruditos cuando llegara nuestro momento.

Todos los grandes inventos modernos vienen de la Casa de los Eruditos, como el más reciente, que fue descubierto hace tan solo cien años, acerca de cómo hacer velas con cera y cuerda; también cómo hacer vidrio, que se pone en nuestras ventanas para protegernos de la lluvia. Para descubrir estas cosas, los Eruditos deben estudiar la tierra y aprender de los ríos, de las arenas, de los vientos y las rocas. Y si nosotros fuéramos a la Casa de los Eruditos, podríamos aprender también de todas esas cosas. Podríamos hacer preguntas sobre ellas, pues ellas no prohíben las preguntas.

Y las preguntas no nos dan descanso. No sabemos por qué nuestra maldición nos hace buscar no sabemos qué, una y otra vez. Pero no podemos evitarlo. Nuestra maldición nos susurra que existen grandes cosas en esta tierra nuestra, y que podemos conocerlas si lo intentamos, y que debemos conocerlas. Preguntamos por qué debemos conocer, pero nuestra maldición no tiene respuesta que darnos. Debemos saber que podemos conocer.

Así que deseábamos ser enviados a la Casa de los Eruditos. Lo deseábamos tanto que nuestras manos temblaban bajo las sábanas por la noche, y nos mordíamos el brazo para contener

we could not endure. It was evil and we dared not face our brothers in the morning. For men may wish nothing for themselves. And we were punished when the Council of Vocations came to give us our life Mandates which tell those who reach their fifteenth year what their work is to be for the rest of their days.

The Council of Vocations came on the first day of spring, and they sat in the great hall. And we who were fifteen and all the Teachers came into the great hall. And the Council of Vocations sat on a high dais, and they had but two words to speak to each of the Students. They called the Students' names, and when the Students stepped before them, one after another, the Council said: "Carpenter" or "Doctor" or "Cook" or "Leader." Then each Student raised their right arm and said: "The will of our brothers be done."

Now if the Council has said "Carpenter" or "Cook," the Students so assigned go to work and they do not study any further. But if the Council has said "Leader," then those Students go into the Home of the Leaders, which is the greatest house in the City, for it has three stories. And there they study for many years, so that they may become candidates and be elected to the City Council and the State Council and the World Council —by a free and general vote of all men. But we wished not to be a Leader, even though it is a great honor. We wished to be a Scholar.

So we awaited our turn in the great hall and then we heard the Council of Vocations call our name: "Equality 7-2521." We walked to the dais, and our legs did not tremble, and we looked up at the Council. There were five members of the Council, three of the male gender and two of the female. Their hair was white and their faces were cracked as the clay of a dry river bed. They were old. They seemed older than the marble of the Temple of the World Council. They sat before us and they did not move. And we saw no breath to stir the folds of

ese otro dolor que no podíamos soportar. Era algo malo y no nos atrevíamos a mirar a nuestros hermanos a la cara por la mañana. Pues los hombres no pueden desear nada para ellos mismos. Y fuimos escarmentados cuando el Consejo de las Vocaciones vinieron a darnos nuestros Mandamientos de vida, que indican a aquellos que cumplen quince años cuál será su trabajo para el resto de sus días.

El Consejo de Vocaciones llegaron el primer día de la primavera, y se sentaron en la gran sala. Y los que teníamos quince años y todos los Profesores fuimos al gran salón. Y el Consejo de Vocaciones se sentaron en un alto estrado, y tuvieron solo dos palabras que decir a cada uno de los Estudiantes. Decían los nombres de los Estudiantes, y cuando los Estudiantes llegaban ante ellos, uno detrás de otro, el Consejo decían: «Carpintero» o «Médico» o «Cocinero» o «Líder». Después cada Estudiante levantaban el brazo derecho y decían: «Hágase la voluntad de nuestros hermanos».

Entonces si el Consejo han dicho «Carpintero» o «Cocinero», los Estudiantes así asignados van a trabajar y no estudian nada más. Pero si el Consejo han dicho «Líder», entonces esos estudiantes van a la Casa de los Líderes, que es la mayor casa de la Ciudad, pues tiene tres plantas. Y allí estudian durante muchos años, y así pueden llegar a ser candidatos y ser elegidos al Consejo Local y al Consejo Estatal y al Consejo Mundial —mediante el voto libre y general de todos los hombres. Pero nosotros no deseábamos ser un Líder, pese a que es un gran honor. Nosotros deseábamos ser un Erudito.

Así que esperamos nuestro turno en el gran salón y luego oímos al Consejo de las Vocaciones convocar nuestro nombre: «Igualdad 7-2521». Caminamos hacia el estrado, y nuestras piernas no temblaban, y levantamos la mirada hacia el Consejo. Había cinco miembros del Consejo, tres del género masculino y dos del femenino. Su pelo era blanco y sus caras estaban agrietadas como la arcilla del lecho seco de un río. Eran viejos. Parecían más viejos que el mármol del Templo del Consejo Mundial. Se sentaban delante de nosotros y no se movían. Y no

their white togas. But we knew that they were alive, for a finger of the hand of the oldest rose, pointed to us, and fell down again. This was the only thing which moved, for the lips of the oldest did not move as they said: "Street Sweeper."

We felt the cords of our neck grow tight as our head rose higher to look upon the faces of the Council, and we were happy. We knew we had been guilty, but now we had a way to atone for it. We would accept our Life Mandate, and we would work for our brothers, gladly and willingly, and we would erase our sin against them, which they did not know, but we knew. So we were happy, and proud of ourselves and of our victory over ourselves. We raised our right arm and we spoke, and our voice was the clearest, the steadiest voice in the hall that day, and we said:

"The will of our brothers be done."

And we looked straight into the eyes of the Council, but their eyes were as cold blue glass buttons.

So we went into the Home of the Street Sweepers. It is a grey house on a narrow street. There is a sundial in its courtyard, by which the Council of the Home can tell the hours of the day and when to ring the bell. When the bell rings, we all arise from our beds. The sky is green and cold in our windows to the east. The shadow on the sundial marks off a half-hour while we dress and eat our breakfast in the dining hall, where there are five long tables with twenty clay plates and twenty clay cups on each table. Then we go to work in the streets of the City, with our brooms and our rakes. In five hours, when the sun is high, we return to the Home and we eat our midday meal, for which one-half hour is allowed. Then we go to work again. In five hours, the shadows are blue on the pavements, and the sky is blue with a deep brightness which is not bright. We come back to have our dinner, which lasts one hour. Then the bell rings and we walk in a straight column to one of the

vimos respiración alguna que agitara los pliegues de sus togas blancas. Pero sabíamos que estaban vivos, pues un dedo de la mano del más viejo se alzó, apuntó hacia nosotros y descendió de nuevo. Esta fue la única cosa que se movió, pues los labios del más viejo no se movieron mientras decían: «Barrendero».

Sentimos tensarse los tendones de nuestro cuello cuando levantamos nuestra cabeza para mirar las caras del Consejo, y fuimos dichosos. Sabíamos que había sido nuestra culpa, pero ahora teníamos una forma de expiarla. Aceptaríamos nuestro Mandato Vital, y trabajaríamos para nuestros hermanos, gustosa y decididamente, y borraríamos nuestro pecado contra ellos, aquel que ellos desconocían, pero nosotros conocíamos. De modo que fuimos dichosos, y estuvimos orgullosos de nosotros y de nuestra victoria sobre nosotros mismos. Alzamos nuestro brazo derecho y hablamos, y nuestra voz fue la más clara, la más firme voz en el salón aquel día, y dijimos:

«Hágase la voluntad de nuestros hermanos.»

Y miramos directamente a los ojos del Consejo, pero sus ojos eran como fríos botones de cristal azul.

Así que ingresamos en la Casa de los Barrenderos. Es una casa gris en una calle estrecha. Hay un reloj de sol en su patio, mediante el cual el Consejo de la Casa puede determinar las horas del día y saber cuándo hacer sonar la campana. Cuando suena la campana, todos nos levantamos de nuestras camas. El cielo es verde y frío en nuestras ventanas al este. La sombra del reloj de sol marca media hora mientras nos vestimos y tomamos nuestro desayuno en el comedor, donde hay cinco mesas largas con veinte platos de loza y veinte tazas de loza en cada mesa. Después vamos a trabajar en las calles de la Ciudad, con nuestras escobas y nuestros rastrillos. En cinco horas, cuando el sol está alto, regresamos a la Casa y tomamos nuestra comida de mediodía, para la que hay autorizada media hora. Luego volvemos de nuevo al trabajo. En cinco horas, las sombras son azules en las aceras, y el cielo es azul con una profunda luminosidad que no es luminosa. Volvemos para tomar nuestra cena, que dura una hora. Luego suena la campana y camina-

City Halls, for the Social Meeting. Other columns of men arrive from the Homes of the different Trades. The candles are lit, and the Councils of the different Homes stand in a pulpit, and they speak to us of our duties and of our brother men. Then visiting Leaders mount the pulpit and they read to us the speeches which were made in the City Council that day, for the City Council represents all men and all men must know. Then we sing hymns, the Hymn of Brotherhood, and the Hymn of Equality, and the Hymn of the Collective Spirit. The sky is a soggy purple when we return to the Home. Then the bell rings and we walk in a straight column to the City Theatre for three hours of Social Recreation. There a play is shown upon the stage, with two great choruses from the Home of the Actors, which speak and answer all together, in two great voices. The plays are about toil and how good it is. Then we walk back to the Home in a straight column. The sky is like a black sieve pierced by silver drops that tremble, ready to burst through. The moths beat against the street lanterns. We go to our beds and we sleep, till the bell rings again. The sleeping halls are white and clean and bare of all things save one hundred beds.

Thus have we lived each day of four years, until two springs ago when our crime happened. Thus must all men live until they are forty. At forty, they are worn out. At forty, they are sent to the Home of the Useless, where the Old Ones live. The Old Ones do not work, for the State takes care of them. They sit in the sun in summer and they sit by the fire in winter. They do not speak often, for they are weary. The Old Ones know that they are soon to die. When a miracle happens and some live to be forty-five, they are the Ancient Ones, and the children stare at them when passing by the Home of the Useless. Such is to be our life, as that of all our brothers and of the brothers who came

mos en una fila recta hasta uno de los Salones Locales, para la Reunión Social. Otras columnas de hombres llegan desde las Casas de los diferentes Oficios. Las velas están encendidas, y los Consejos de las diferentes Casas se colocan en un púlpito, y nos hablan sobre nuestros deberes y sobre nuestros hermanos hombres. Después Líderes visitantes suben al púlpito y nos leen los discursos que fueron pronunciados en el Consejo Local ese día, pues el Consejo Local representa a todos los hombres y todos los hombres deben saber. Luego cantamos himnos, el Himno de la Fraternidad, el Himno de la Igualdad, y el Himno del Espíritu Colectivo. El cielo está empapado de púrpura cuando regresamos a la Casa. Después suena la campana y caminamos en una fila recta hasta el Teatro Local para tres horas de Recreo Social. Hay una obra que representan en escena, con dos grandes coros provenientes de la Casa de los Actores, que hablan y contestan todos juntos, en dos grandes voces. Las obras son acerca del esfuerzo y lo bueno que es. Luego caminamos de vuelta a la Casa en una fila recta. El cielo es como un tamiz negro perforado por gotas plateadas que tiemblan, listas para irrumpir a través de él. Las polillas chocan contra las farolas. Nos vamos a nuestras camas y dormimos, hasta que la campana suena de nuevo. Las salas para dormir son blancas y limpias y están despojadas de todas las cosas excepto cien camas.

Así hemos vivido cada día durante cuatro años, hasta que hace dos primaveras se produjo nuestro crimen. Así deben vivir todos los hombres hasta los cuarenta años. A los cuarenta, son desechados. A los cuarenta, son enviados a la Casa de los Inútiles, donde viven Los Viejos. Los Viejos no trabajan, pues el Estado se ocupa de ellos. Se sientan al sol en verano y se sientan junto al fuego en invierno. Ellos no suelen hablar, pues están cansados. Los Viejos saben que han de morir pronto. Cuando ocurre un milagro y algunos viven hasta llegar a los cuarenta y cinco, son Los Ancianos, y los niños se quedan mirándoles fijamente cuando pasan por la Casa de los Inútiles.

Así es como será nuestra vida, igual que la de todos nuestros

before us.

Such would have been our life, had we not committed our crime which changed all things for us. And it was our curse which drove us to our crime. We had been a good Street Sweeper and like all our brother Street Sweepers, save for our cursed wish to know. We looked too long at the stars at night, and at the trees and the earth. And when we cleaned the yard of the Home of the Scholars, we gathered the glass vials, the pieces of metal, the dried bones which they had discarded. We wished to keep these things and to study them, but we had no place to hide them. So we carried them to the City Cesspool. And then we made the discovery.

It was on a day of the spring before last. We Street Sweepers work in brigades of three, and we were with Union 5-3992, they of the half-brain, and with International 4-8818. Now Union 5-3992 are a sickly lad and sometimes they are stricken with convulsions, when their mouth froths and their eyes turn white. But International 4-8818 are different. They are a tall, strong youth and their eyes are like fireflies, for there is laughter in their eyes. We cannot look upon International 4-8818 and not smile in answer. For this they were not liked in the Home of the Students, as it is not proper to smile without reason. And also they were not liked because they took pieces of coal and they drew pictures upon the walls, and they were pictures which made men laugh. But it is only our brothers in the Home of the Artists who are permitted to draw pictures, so International 4-8818 were sent to the Home of the Street Sweepers, like ourselves.

International 4-8818 and we are friends. This is an evil thing to say, for it is a transgression, the great Transgression of Preference, to love any among men better than the others, since we must love all men and all men are our friends. So International 4-8818 and we have never spoken of it. But we know. We know,

hermanos y la de los hermanos que vinieron antes que nosotros.

Así hubiera sido nuestra vida, si no hubiéramos cometido el crimen que cambió todas las cosas para nosotros. Y fue nuestra maldición la que nos condujo a nuestro crimen. Habíamos sido un buen Barrendero y como todos nuestros hermanos Barrenderos, salvo por nuestro maldito deseo de conocer. Observábamos demasiado tiempo las estrellas por la noche, y los árboles y la tierra. Y cuando limpiábamos el patio de la Casa de los Eruditos, recogíamos las probetas de cristal, los trozos de metal, los huesos secos que ellos habían desechado. Deseábamos conservar estas cosas y estudiarlas, pero no teníamos ningún sitio donde esconderlas. De modo que las llevábamos al Vertedero Local. Y entonces hicimos el descubrimiento.

Fue un día de la primavera antes de la última. Nosotros los Barrenderos trabajamos en brigadas de tres, y estábamos con Unión 5-3992, los del medio cerebro, y con Internacional 4-8818. Unión 5-3992 son un muchacho enfermizo y a veces les sacuden convulsiones, y entonces su boca se llena de espuma y sus ojos se vuelven blancos. Pero Internacional 4-8818 son diferente. Son un joven alto, fuerte y sus ojos son como luciérnagas, pues hay risa en sus ojos. Nosotros no podemos mirar a los ojos de Internacional 4-8818 y no responder con una sonrisa. Por eso ellos no eran apreciado en la casa de los Estudiantes, ya que nos es apropiado sonreír sin motivo. Y tampoco gustaban porque tomaban piezas de carbón y hacían dibujos en las paredes, y eran dibujos que hacían reír a los hombres. Pero son solamente nuestros hermanos de la Casa de los Artistas quienes están autorizados a hacer dibujos, así que Internacional 4-8818 fueron enviado a la Casa de los Barrenderos, como nosotros mismos.

Internacional 4-8818 y nosotros somos amigos. Es malo decir esto, pues es una transgresión, la gran Transgresión de la Preferencia, amar a algunos entre los hombres más que a los otros, puesto que debemos amar a todos los hombres y todos los hombres son nuestros amigos. Así que Internacional 4-8818 y nosotros nunca hemos hablado de ello. Pero lo sabemos. Lo sa-

when we look into each other's eyes. And when we look thus without words, we both know other things also, strange things for which there are no words, and these things frighten us.

So on that day of the spring before last, Union 5-3992 were stricken with convulsions on the edge of the City, near the City Theatre. We left them to lie in the shade of the Theatre tent and we went with International 4-8818 to finish our work. We came together to the great ravine behind the Theatre. It is empty save for trees and weeds. Beyond the ravine there is a plain, and beyond the plain there lies the Uncharted Forest, about which men must not think.

We were gathering the papers and the rags which the wind had blown from the Theatre, when we saw an iron bar among the weeds. It was old and rusted by many rains. We pulled with all our strength, but we could not move it. So we called International 4-8818, and together we scraped the earth around the bar. Of a sudden the earth fell in before us, and we saw an old iron grill over a black hole.

International 4-8818 stepped back. But we pulled at the grill and it gave way. And then we saw iron rings as steps leading down a shaft into a darkness without bottom.

"We shall go down," we said to International 4-8818.

"It is forbidden", they answered.

We said: "The Council does not know of this hole, so it cannot be forbidden."

And they answered: "Since the Council does not know of this hole, there can be no law permitting to enter it. And everything which is not permitted by law is forbidden."

But we said: "We shall go, none the less."

They were frightened, but they stood by and watched us go.

We hung on the iron rings with our hands and our feet. We

bemos, cuando nos miramos mutuamente a los ojos. Y cuando nos miramos de ese modo sin palabras, ambos sabemos también otras cosas, cosas extrañas para las que no existen palabras, y estas cosas nos asustan.

Así que aquel día en la primavera antes de la última, Unión 5-3992 estaban sacudiéndose con convulsiones en la periferia de la Ciudad, cerca del Teatro Local. Les dejamos a la sombra de la carpa del Teatro para que se tumbaran y fuimos con Internacional 4-8818 a terminar nuestro trabajo. Fuimos juntos hasta el gran barranco detrás del Teatro, que está vació salvo por los árboles y la maleza. Más allá del barranco hay un llano, y más allá del llano se extiende el Bosque Inexplorado, sobre el que los hombres no deben pensar.

Estábamos recogiendo los papeles y los trapos que el viento había empujado desde el Teatro, cuando vimos una barra de hierro entre la maleza. Estaba vieja y oxidada por muchas lluvias. Tiramos de ella con todas nuestras fuerzas, pero no pudimos moverla. Así que llamamos a Internacional 4-8818, y juntos escarbamos la tierra alrededor de la barra. De repente la tierra se hundió delante de nosotros, y vimos una rejilla metálica sobre un agujero negro.

Internacional 4-8818 dieron un paso atrás. Pero nosotros tiramos de la rejilla y se abrió. Y entonces vimos argollas metálicas como escalones que descendían hasta un pozo dentro de una oscuridad sin fondo.

«Tenemos que bajar», dijimos a Internacional 4-8818.

«Está prohibido», respondieron.

Nosotros dijimos: «El Consejo no sabe de este agujero, así que no puede estar prohibido.»

Y ellos respondieron: «Puesto que el Consejo no conoce este agujero, tampoco puede haber una ley que permita entrar en él. Y todo lo que no está permitido por ley está prohibido.»

Pero nosotros dijimos: «Tenemos que bajar, igualmente.»

Ellos estaban asustados, pero se quedaron cerca y nos observaron bajar.

Nos agarramos a las argollas de hierro con nuestras manos

could see nothing below us. And above us the hole open upon the sky grew smaller and smaller, till it came to be the size of a button. But still we went down. Then our foot touched the ground. We rubbed our eyes, for we could not see. Then our eyes became used to the darkness, but we could not believe what we saw.

No men known to us could have built this place, nor the men known to our brothers who lived before us, and yet it was built by men. It was a great tunnel. Its walls were hard and smooth to the touch; it felt like stone, but it was not stone. On the ground there were long thin tracks of iron, but it was not iron; it felt smooth and cold as glass. We knelt, and we crawled forward, our hand groping along the iron line to see where it would lead. But there was an unbroken night ahead. Only the iron tracks glowed through it, straight and white, calling us to follow. But we could not follow, for we were losing the puddle of light behind us. So we turned and we crawled back, our hand on the iron line. And our heart beat in our fingertips, without reason. And then we knew.

We knew suddenly that this place was left from the Unmentionable Times. So it was true, and those Times had been, and all the wonders of those Times. Hundreds upon hundreds of years ago men knew secrets which we have lost. And we thought: "This is a foul place. They are damned who touch the things of the Unmentionable Times." But our hand which followed the track, as we crawled, clung to the iron as if it would not leave it, as if the skin of our hand were thirsty and begging of the metal some secret fluid beating in its coldness.

We returned to the earth. International 4-8818 looked upon us and stepped back.

"Equality 7-2521," they said, "your face is white."

y nuestros pies. No podíamos ver nada por debajo de nosotros. Y por encima de nosotros el agujero que se abría hacia el cielo se hacía más y más pequeño, hasta que llegó a hacerse del tamaño de un botón. Pero nosotros seguimos descendiendo. Entonces nuestros pies tocaron el suelo. Nos frotamos los ojos, pues no podíamos ver. Luego nuestros ojos se acostumbraron a la oscuridad, pero no podíamos creer lo que veíamos.

Ningún hombre que conociéramos había construido este lugar, ni tampoco ningún hombre conocido por nuestros hermanos que vivieron antes que nosotros, y sin embargo estaba construido por hombres. Era un gran túnel. Sus muros eran duros y suaves al tacto; se sentía como piedra, pero no era piedra. En el suelo había largas y delgadas vías de hierro, pero no era hierro; se sentía suave y frío como el cristal. Nos arrodillamos, y gateamos hacia adelante, con nuestra mano a tientas a lo largo de la línea de hierro para ver adónde conducía. Pero había una noche cerrada por delante. Solamente las vías de hierro resplandecían a través de ella, rectas y blancas, llamándonos a seguir. Pero no podíamos seguir, pues estábamos perdiendo el pequeño haz de luz a nuestra espalda. Así que nos giramos y gateamos de vuelta, nuestra mano sobre la línea de hierro. Y nuestro corazón latía en las yemas de nuestros dedos, sin motivo. Y entonces comprendimos.

Comprendimos de pronto que este lugar estaba abandonado desde los Tiempos Innombrables. Así que era verdad, y aquellos Tiempos habían existido, y todas las maravillas de aquellos Tiempos. Hace cientos y cientos de años los hombres conocían secretos que habíamos perdido. Y pensamos: «Este lugar es impuro. Están malditos quienes tocan las cosas de los Tiempos Innombrables.» Pero nuestra mano que seguía la vía, mientras gateábamos, se aferraba al hierro como si no fuera a abandonarlo, como si la piel de nuestra mano estuviera sedienta y rogando al metal algún fluido secreto latente en su frialdad.

Volvimos a la tierra. Internacional 4-8818 nos miraron y retrocedieron.

«Igualdad 7-2521», dijeron, «vuestra cara está blanca.»

But we could not speak and we stood looking upon them.

They backed away, as if they dared not touch us. Then they smiled, but it was not a gay smile; it was lost and pleading. But still we could not speak. Then they said:

"We shall report our find to the City Council and both of us will be rewarded."

And then we spoke. Our voice was hard and there was no mercy in our voice. We said:

"We shall not report our find to the City Council. We shall not report it to any men."

They raised their hands to their ears, for never had they heard such words as these.

"International 4-8818," we asked, "will you report us to the Council and see us lashed to death before your eyes?"

They stood straight all of a sudden and they answered:

"Rather would we die."

"Then," we said, "keep silent. This place is ours. This place belongs to us, Equality 7-2521, and to no other men on earth. And if ever we surrender it, we shall surrender our life with it also."

Then we saw that the eyes of International 4-8818 were full to the lids with tears they dared not drop. They whispered, and their voice trembled, so that their words lost all shape:

"The will of the Council is above all things, for it is the will of our brothers, which is holy. But if you wish it so, we shall obey you. Rather shall we be evil with you than good with all our brothers. May the Council have mercy upon both our hearts!"

Then we walked away together and back to the Home of the Street Sweepers. And we walked in silence.

Thus did it come to pass that each night, when the stars are

Pero nosotros no pudimos hablar y nos quedamos mirándoles.

Ellos se alejaron andando hacia atrás, como si no se atrevieran a tocarnos. Luego sonrieron, pero no era una sonrisa alegre; era extraviada y suplicante. Pero nosotros seguíamos sin poder hablar. Entonces ellos dijeron:

«Tenemos que dar parte de nuestro hallazgo al Consejo Local y ambos seremos recompensados.»

Y entonces hablamos nosotros. Nuestra voz era dura y no había ninguna clemencia en nuestra voz. Dijimos:

«No daremos parte de nuestro hallazgo al Consejo Local. No daremos parte de ello a ningunos hombres.»

Ellos alzaron sus manos hasta sus oídos, pues nunca habían escuchado palabras semejantes a éstas.

«Internacional 4-8818», preguntamos, «¿daréis parte de nosotros al Consejo Local y nos veréis azotado hasta la muerte ante vuestros ojos?»

Ellos se irguieron de repente y contestaron:

«Antes preferiríamos morir.»

«Entonces», dijimos, «manteneos en silencio. Este lugar es nuestro. Este lugar nos pertenece a nosotros, Igualdad 7-2521, y a ningunos de los otros hombres de la tierra. Y si alguna vez renunciamos a él, junto a él renunciaremos también a nuestra vida.»

Entonces vimos que los ojos de Internacional 4-8818 estaban cargados por completo de lágrimas que no se atrevían a derramar. Ellos susurraron, y su voz temblaba, de modo que sus palabras perdieron toda forma:

«La voluntad del Consejo está por encima de todas las cosas, pues es la voluntad de nuestros hermanos, que es sagrada. Pero si así lo deseáis, os obedeceremos. Preferimos ser malo junto a vosotros que bueno junto a todos nuestros hermanos. ¡Que el Consejo se apiade de nuestros dos corazones!»

Luego nos alejamos de allí juntos y volvimos a la Casa de los Barrenderos. Y caminamos en silencio.

Así llegó a suceder que cada noche, cuando las estrellas es-

high and the Street Sweepers sit in the City Theatre, we, Equality 7-2521, steal out and run through the darkness to our place. It is easy to leave the Theatre; when the candles are blown out and the Actors come onto the stage, no eyes can see us as we crawl under our seat and under the cloth of the tent. Later, it is easy to steal through the shadows and fall in line next to International 4-8818, as the column leaves the Theatre. It is dark in the streets and there are no men about, for no men may walk through the City when they have no mission to walk there. Each night, we run to the ravine, and we remove the stones which we have piled upon the iron grill to hide it from the men. Each night, for three hours, we are under the earth, alone.

We have stolen candles from the Home of the Street Sweepers, we have stolen flints and knives and paper, and we have brought them to this place. We have stolen glass vials and powders and acids from the Home of the Scholars. Now we sit in the tunnel for three hours each night and we study. We melt strange metals, and we mix acids, and we cut open the bodies of the animals which we find in the City Cesspool. We have built an oven of the bricks we gathered in the streets. We burn the wood we find in the ravine. The fire flickers in the oven and blue shadows dance upon the walls, and there is no sound of men to disturb us.

We have stolen manuscripts. This is a great offense. Manuscripts are precious, for our brothers in the Home of the Clerks spend one year to copy one single script in their clear handwriting. Manuscripts are rare and they are kept in the Home of the Scholars. So we sit under the earth and we read the stolen scripts. Two years have passed since we found this place. And in these two years we have learned more than we had learned in the ten years of the Home of the Students.

We have learned things which are not in the scripts. We have solved secrets of which the Scholars have no knowledge.

tán en lo alto y los Barrenderos se sientan en el Teatro Local, nosotros, Igualdad 7-2521, nos escabullimos y corremos a través de la oscuridad hasta nuestro lugar. Es fácil salir del Teatro; cuando las velas están apagadas y los Actores suben al escenario, no hay ojos que puedan vernos mientras gateamos bajo nuestro asiento y bajo la tela de la carpa. Más tarde, es fácil pasar desapercibido entre las sombras y colocarse en fila junto a Internacional 4-8818, mientras la columna sale del Teatro. Las calles están a oscuras y no hay hombres en los alrededores, pues ningunos hombres pueden pasear por la Ciudad cuando no tienen ninguna misión que cumplir allí. Cada noche, corremos hasta el barranco, y retiramos las piedras que hemos apilado sobre la rejilla de hierro para esconderla de los hombres. Cada noche, durante tres horas, estamos bajo la tierra, solos.

Hemos robado velas de la Casa de los Barrenderos, hemos robado pedernales y cuchillos y papel, y los hemos traído hasta este lugar. Hemos robado probetas de cristal y polvos y ácidos de la Casa de los Eruditos. Ahora nos sentamos en el túnel durante tres horas cada noche y estudiamos. Fundimos metales extraños, y mezclamos ácidos, y diseccionamos los cuerpos de los animales que encontramos en el Vertedero Local. Hemos construido un horno con los ladrillos que recogimos en las calles. Quemamos la madera que encontramos en el barranco. El fuego parpadea en el horno y sombras azules danzan en los muros, y no hay ningún sonido de hombres que nos molesten.

Hemos robado manuscritos. Este es un gran delito. Los manuscritos son preciosos, pues nuestros hermanos de la Casa de los Alguaciles dedican un año a copiar uno solo de los textos con su clara caligrafía. Los manuscritos son raros y se guardan en la Casa de los Eruditos. Así que nos sentamos bajo la tierra y leemos los textos robados. Dos años han pasado desde que encontramos este lugar. Y en estos dos años hemos aprendido más de lo que habíamos aprendido en los diez años de la Casa de los Estudiantes.

Hemos aprendido cosas que no están en los textos. Hemos descifrado secretos de los que los Eruditos no tienen conocimien-

We have come to see how great is the unexplored, and many lifetimes will not bring us to the end of our quest. But we wish no end to our quest. We wish nothing, save to be alone and to learn, and to feel as if with each day our sight were growing sharper than the hawk's and clearer than rock crystal.

Strange are the ways of evil. We are false in the faces of our brothers. We are defying the will of our Councils. We alone, of the thousands who walk this earth, we alone in this hour are doing a work which has no purpose save that we wish to do it. The evil of our crime is not for the human mind to probe. The nature of our punishment, if it be discovered, is not for the human heart to ponder. Never, not in the memory of the Ancient Ones' Ancients, never have men done that which we are doing.

And yet there is no shame in us and no regret. We say to ourselves that we are a wretch and a traitor. But we feel no burden upon our spirit and no fear in our heart. And it seems to us that our spirit is clear as a lake troubled by no eyes save those of the sun. And in our heart —strange are the ways of evil!— in our heart there is the first peace we have known in twenty years.

to. Hemos llegado a ver lo ingente que es lo inexplorado, y muchas vidas enteras no nos llevarían al final de nuestra búsqueda. Pero no deseamos ningún final para nuestra búsqueda. No deseamos nada, salvo estar solos y aprender, y sentir como si con cada día nuestra mirada fuera desarrollándose más aguda que la del halcón y más clara que el cristal de roca.

Extraños son los caminos del mal. Somos falsos en las caras de nuestros hermanos. Estamos desafiando la voluntad de nuestros Consejos. Nosotros solos, de los miles que transitan esta tierra, nosotros solos en esta hora estamos haciendo un trabajo que no tiene ningún propósito aparte de que nosotros deseamos hacerlo. No corresponde a la mente humana analizar la maldad de nuestro crimen. La naturaleza de nuestro castigo, si fuera descubierto, no puede ser ponderada por el corazón humano. Nunca, ni en el recuerdo de Los Ancianos de Los Ancianos, nunca los hombres han hecho lo que nosotros estamos haciendo.

Y sin embargo no hay ninguna vergüenza en nosotros y ningún arrepentimiento. Nos decimos a nosotros mismos que somos un miserable y un traidor. Pero no sentimos ningún pesar sobre nuestro espíritu y ningún temor en nuestro corazón. Y nos parece que nuestro espíritu es sereno como un lago no perturbado por más ojos que los del sol. Y en nuestro corazón —¡extraños son los caminos del mal!— en nuestro corazón se halla la primera paz que hemos conocido en veinte años.

PART TWO

Liberty 5-3000... Liberty five-three thousand ... Liberty 5-3000....

We wish to write this name. We wish to speak it, but we dare not speak it above a whisper. For men are forbidden to take notice of women, and women are forbidden to take notice of men. But we think of one among women, they whose name is Liberty 5-3000, and we think of no others. The women who have been assigned to work the soil live in the Homes of the Peasants beyond the City. Where the City ends there is a great road winding off to the north, and we Street Sweepers must keep this road clean to the first milepost. There is a hedge along the road, and beyond the hedge lie the fields. The fields are black and ploughed, and they lie like a great fan before us, with their furrows gathered in some hand beyond the sky, spreading forth from that hand, opening wide apart as they come toward us, like black pleats that sparkle with thin, green spangles. Women work in the fields, and their white tunics in

SEGUNDA PARTE

Libertad 5-3000... Libertad cinco-tres mil... Libertad 5-3000...

Deseamos escribir este nombre. Deseamos decirlo, pero no nos atrevemos a decirlo más alto que un susurro. Pues los hombres tienen prohibido interesarse por las mujeres, y las mujeres tienen prohibido interesarse por los hombres. Pero nosotros pensamos en una entre las mujeres, ellas cuyo nombre es Libertad 5-3000, y no pensamos en ningunas otras. Las mujeres que han sido asignadas a trabajar la tierra viven en la Casa de los Campesinos más allá de la Ciudad. Donde termina la Ciudad hay una gran carretera que serpentea en dirección al norte, y nosotros los Barrenderos debemos mantener esta carretera limpia hasta el poste que indica la primera milla. Hay un seto a lo largo de la carretera, y detrás del seto se extienden los campos. Los campos son negros y están arados, y se extienden como un gran abanico ante nosotros, con sus surcos reunidos en alguna mano más allá del cielo, expandiéndose hacia adelante desde esa mano, abriéndose a lo ancho a medida que se acercan hacia nosotros, como pliegues negros que centellean con delicadas, verdes lentejuelas. Las mujeres trabajan en los

the wind are like the wings of sea-gulls beating over the black soil.

And there it was that we saw Liberty 5-3000 walking along the furrows. Their body was straight and thin as a blade of iron. Their eyes were dark and hard and glowing, with no fear in them, no kindness and no guilt. Their hair was golden as the sun; their hair flew in the wind, shining and wild, as if it defied men to restrain it. They threw seeds from their hand as if they deigned to fling a scornful gift, and the earth was a beggar under their feet.

We stood still; for the first time did we know fear, and then pain. And we stood still that we might not spill this pain more precious than pleasure.

Then we heard a voice from the others call their name: "Liberty 5-3000," and they turned and walked back. Thus we learned their name, and we stood watching them go, till their white tunic was lost in the blue mist.

And the following day, as we came to the northern road, we kept our eyes upon Liberty 5-3000 in the field. And each day thereafter we knew the illness of waiting for our hour on the northern road. And there we looked at Liberty 5-3000 each day. We know not whether they looked at us also, but we think they did. Then one day they came close to the hedge, and suddenly they turned to us. They turned in a whirl and the movement of their body stopped, as if slashed off, as suddenly as it had started. They stood still as a stone, and they looked straight upon us, straight into our eyes. There was no smile on their face, and no welcome. But their face was taut, and their eyes were dark. Then they turned as swiftly, and they walked away from us.

But the following day, when we came to the road, they smiled. They smiled to us and for us. And we smiled in answer. Their head fell back, and their arms fell, as if their arms and their thin white neck were stricken suddenly with a great

campos, y sus túnicas blancas en el viento son como las alas de gaviotas batiendo sobre la tierra negra.

Y allí fue donde vimos a Libertad 5-3000 caminando a lo largo de los surcos. Su cuerpo era recto y delgado como la hoja de un sable. Sus ojos eran oscuros y duros y resplandecientes, con ningún temor en ellos, ninguna amabilidad y ninguna culpa. Su pelo era dorado como el sol; su pelo volaba en el viento, brillante y salvaje, como si desafiara a los hombres a contenerlo. Dejaban caer semillas desde su mano como si se dignaran a arrojar una limosna despectiva, y la tierra fuera un mendigo bajo sus pies.

Nos quedamos inmóviles; por primera vez conocimos el miedo, y luego el dolor. Y nos quedamos inmóviles para evitar derramar este dolor más precioso que el placer.

Entonces oímos una voz de las otras llamar su nombre: «Libertad 5-3000», y ellas se giraron y caminaron de vuelta. Así supimos su nombre, y nos quedamos observándolas alejarse, hasta que su túnica blanca se perdió en la neblina azul.

Y al día siguiente, al volver a la carretera del norte, fijamos nuestros ojos sobre Libertad 5-3000 en el campo. Y cada día a partir de entonces conocimos la enfermedad de esperar hasta nuestra hora en la carretera del norte. Y allí mirábamos a Libertad 5-3000 cada día. No sabemos si ellas nos miraban a nosotros también, pero creemos que lo hacían. Luego un día ellas se acercaron al seto, y de repente se giraron hacia nosotros. Se dieron la vuelta y el movimiento de su cuerpo se detuvo en seco, como en un latigazo, tan repentinamente como había empezado. Se quedaron quietas como una piedra, y nos miraron directamente a nosotros, directamente a nuestros ojos. No había sonrisa alguna en su rostro, y ninguna bienvenida. Pero su cara estaba tensa, y sus ojos eran oscuros. Entonces se giraron rápidamente, y se alejaron de nosotros caminando.

Pero al día siguiente, cuando llegamos a la carretera, ellas sonrieron. Sonrieron por nosotros y para nosotros. Y nosotros les sonreímos en respuesta. Su cabeza se echó hacia atrás, y sus brazos cayeron, como si sus brazos y su delgado y blanco cue-

lassitude. They were not looking upon us, but upon the sky. Then they glanced at us over their shoulder, as we felt as if a hand had touched our body, slipping softly from our lips to our feet.

Every morning thereafter, we greeted each other with our eyes. We dared not speak. It is a transgression to speak to men of other Trades, save in groups at the Social Meetings. But once, standing at the hedge, we raised our hand to our forehead and then moved it slowly, palm down, toward Liberty 5-3000. Had the others seen it, they could have guessed nothing, for it looked only as if we were shading our eyes from the sun. But Liberty 5-3000 saw it and understood. They raised their hand to their forehead and moved it as we had. Thus, each day, we greet Liberty 5-3000, and they answer, and no men can suspect.

We do not wonder at this new sin of ours. It is our second Transgression of Preference, for we do not think of all our brothers, as we must, but only of one, and their name is Liberty 5-3000. We do not know why we think of them. We do not know why, when we think of them, we feel all of a sudden that the earth is good and that it is not a burden to live. We do not think of them as Liberty 5-3000 any longer. We have given them a name in our thoughts. We call them the Golden One. But it is a sin to give men names which distinguish them from other men. Yet we call them the Golden One, for they are not like the others. The Golden One are not like the others.

And we take no heed of the law which says that men may not think of women, save at the Time of Mating. This is the time each spring when all the men older than twenty and all the women older than eighteen are sent for one night to the City Palace of Mating. And each of the men have one of the

llo estuvieran afligidos de repente por una gran lasitud. No nos miraban a nosotros, sino al cielo. Luego nos miraron de pasada a nosotros por encima de su hombro, y sentimos como si una mano hubiera tocado nuestro cuerpo, deslizándose suavemente desde nuestros labios hasta nuestros pies.

Cada mañana a partir de entonces, nos saludábamos mutuamente con nuestros ojos. No nos atrevíamos a hablar. Es una transgresión hablar con los hombres de otros Oficios, salvo en grupos en las Reuniones Sociales. Pero una vez, estando cerca del seto, alzamos nuestra mano hasta nuestra frente y luego la movimos lentamente, con la palma hacia abajo, hacia Libertad 5-3000. Si los otros lo hubieran visto, no habrían podido adivinar nada, pues parecía como si únicamente estuviéramos resguardando nuestros ojos del sol. Pero Libertad 5-3000 lo vieron y comprendieron. Ellas alzaron su mano hasta su frente y la movieron como habíamos hecho nosotros. Así, cada día, saludamos a Libertad 5-3000, y ellas responden, y ningunos hombres pueden sospechar.

No nos asombramos por este nuevo pecado nuestro. Es nuestra segunda Transgresión de la Preferencia, pues nosotros no pensamos en todos nuestros hermanos, como debemos, sino solamente en una, y su nombre es Libertad 5-3000. No sabemos por qué pensamos en ellas. No sabemos por qué, cuando pensamos en ellas, sentimos de repente que la tierra es buena y que vivir no es una carga. Ya no pensamos en ellas como Libertad 5-3000. Les hemos dado un nombre en nuestros pensamientos. Las llamamos La Dorada. Pero es un pecado dar a los hombres nombres que les distinguen de otros hombres. Sin embargo les llamamos La Dorada, pues ellas no son como los demás. La Dorada no son como los demás.

Y no prestamos ninguna atención a la ley que dice que los hombres no deben pensar en las mujeres, salvo en la Época de Apareamiento. Esta es la época cada primavera en que todos los hombres mayores de veinte años y todas las mujeres mayores de dieciocho son enviados durante una noche al Palacio Local de Apareamiento. Y cada uno de los hombres tienen una de

women assigned to them by the Council of Eugenics. Children are born each winter, but women never see their children and children never know their parents. Twice have we been sent to the Palace of Mating, but it is an ugly and shameful matter, of which we do not like to think.

We had broken so many laws, and today we have broken one more. Today, we spoke to the Golden One.

The other women were far off in the field, when we stopped at the hedge by the side of the road. The Golden One were kneeling alone at the moat which runs through the field. And the drops of water falling from their hands, as they raised the water to their lips, were like sparks of fire in the sun. Then the Golden One saw us, and they did not move, kneeling there, looking at us, and circles of light played upon their white tunic, from the sun on the water of the moat, and one sparkling drop fell from a finger of their hand held as frozen in the air.

Then the Golden One rose and walked to the hedge, as if they had heard a command in our eyes. The two other Street Sweepers of our brigade were a hundred paces away down the road. And we thought that International 4-8818 would not betray us, and Union 5-3992 would not understand. So we looked straight upon the Golden One, and we saw the shadows of their lashes on their white cheeks and the sparks of sun on their lips. And we said:

"You are beautiful, Liberty 5-3000."

Their face did not move and they did not avert their eyes. Only their eyes grew wider, and there was triumph in their eyes, and it was not triumph over us, but over things we could not guess.

Then they asked:

"What is your name?"

"Equality 7-2521," we answered.

"You are not one of our brothers, Equality 7-2521, for we do not wish you to be."

We cannot say what they meant, for there are no words for

las mujeres asignada a ellos por el Consejo de Eugenesia. Los niños nacen cada invierno, pero las mujeres nunca ven a sus hijos y los niños nunca conocen a sus padres. Dos veces hemos sido enviado al Palacio de Apareamiento, pero es un asunto feo y vergonzoso, sobre el que no nos gusta pensar.

Hemos roto muchísimas leyes, y hoy hemos roto una más. Hoy, les hablamos a La Dorada.

Las otras mujeres estaban lejos en el campo, cuando nos detuvimos en el seto junto a la carretera. La Dorada estaban arrodillada sola en la acequia que recorre el campo. Y las gotas de agua que caían de sus manos, cuando elevaban el agua hasta sus labios, eran como destellos de fuego en el sol. Entonces La Dorada nos vieron, y no se movieron, arrodillada allí, mirándonos, y anillos de luz jugaban sobre su túnica blanca, procedentes del sol sobre el agua de la acequia, y una gota chispeante cayó de un dedo de su mano sostenida como congelada en el aire.

Luego La Dorada se levantaron y caminaron hacia el seto, como si hubieran escuchado una orden en nuestros ojos. Los otros dos Barrenderos de nuestra brigada estaban a cien pasos de distancia carretera abajo. Y pensamos que Internacional 4-8818 no nos traicionarían, y que Unión 5-3992 no comprenderían. Así que miramos directamente a La Dorada, y vimos las sombras de sus pestañas sobre sus pómulos blancos y los destellos del sol en sus labios. Y dijimos:

«Sois hermosa, Libertad 5-3000.»

Su rostro no se movió y ellas no apartaron sus ojos. Tan solo sus ojos se agrandaron, y había triunfo en sus ojos, y no era un triunfo sobre nosotros, sino sobre cosas que no pudimos adivinar.

Entonces ellas preguntaron:

«¿Cómo os llamáis?»

«Igualdad 7-2521», respondimos.

«Vosotros no sois uno de nuestros hermanos, Igualdad 7-2521, pues nosotras no deseamos que lo seáis.»

No podemos decir qué querían expresar, pues no existen pa-

their meaning, but we know it without words and we knew it then.

"No," we answered, "nor are you one of our sisters."

"If you see us among scores of women, will you look upon us?"

"We shall look upon you, Liberty 5-3000, if we see you among all the women of the earth."

Then they asked:

"Are Street Sweepers sent to different parts of the City or do they always work in the same places?"

"They always work in the same places," we answered, "and no one will take this road away from us."

"Your eyes," they said, "are not like the eyes of any among men."

And suddenly, without cause for the thought which came to us, we felt cold, cold to our stomach.

"How old are you?" we asked.

They understood our thought, for they lowered their eyes for the first time.

"Seventeen," they whispered.

And we sighed, as if a burden had been taken from us, for we had been thinking without reason of the Palace of Mating. And we thought that we would not let the Golden One be sent to the Palace. How to prevent it, how to bar the will of the Councils, we knew not, but we knew suddenly that we would. Only we do not know why such thought came to us, for these ugly matters bear no relation to us and the Golden One. What relation can they bear?

Still, without reason, as we stood there by the hedge, we felt our lips drawn tight with hatred, a sudden hatred for all our brother men. And the Golden One saw it and smiled slowly, and there was in their smile the first sadness we had seen in them. We think that in the wisdom of women the Golden One had understood more than we can understand.

labras para su significado, pero lo sabemos sin palabras y lo supimos entonces.

«No», respondimos, «ni vosotras tampoco sois una de nuestras hermanas.»

«Si nos veis entre multitud de mujeres, ¿nos miraréis a nosotras?»

«Os miraremos a vosotras, Libertad 5-3000, si os vemos entre todas las mujeres de la tierra.»

Entonces ellas preguntaron:

«¿Son enviados los Barrenderos a diferentes partes de la Ciudad o siempre trabajan en los mismos sitios?»

«Siempre trabajan en los mismos sitios», respondimos, «y nadie nos apartarán de esta carretera.»

«Vuestros ojos», dijeron ellas, «no son como los ojos de ningunos entre los hombres.»

Y de pronto, sin causa para el pensamiento que vino a nosotros, sentimos frío, frío en nuestro estómago.

«¿Cuántos años tenéis?», preguntamos.

Ellas comprendieron nuestro pensamiento, pues declinaron sus ojos por primera vez.

«Diecisiete», susurraron.

Y suspiramos, como si nos hubieran quitado de encima una carga, pues habíamos estado pensando sin motivo en el Palacio de Apareamiento. Y pensamos que no dejaríamos que La Dorada fueran enviada al Palacio. Cómo evitarlo, cómo doblegar la voluntad de los Consejos, no lo sabíamos, pero supimos inmediatamente que lo haríamos. Lo único que no sabemos es por qué un pensamiento semejante vino hasta nosotros, pues estos feos asuntos no guardan ninguna relación con nosotros y La Dorada. ¿Qué relación pueden guardar?

No obstante, sin motivo, mientras estábamos de pie allí junto al seto, sentimos nuestros labios tensarse con odio, un odio repentino hacia todos nuestros hermanos hombres. Y La Dorada lo vieron y sonrieron lentamente, y había en su sonrisa la primera tristeza que habíamos visto en ellas. Pensamos que en la sabiduría de las mujeres La Dorada habían entendido más

Then three of the sisters in the field appeared, coming toward the road, so the Golden One walked away from us. They took the bag of seeds, and they threw the seeds into the furrows of earth as they walked away. But the seeds flew wildly, for the hand of the Golden One was trembling.

Yet as we walked back to the Home of the Street Sweepers, we felt that we wanted to sing, without reason. So we were reprimanded tonight, in the dining hall, for without knowing it we had begun to sing aloud some tune we had never heard. But it is not proper to sing without reason, save at the Social Meetings.

"We are singing because we are happy," we answered the one of the Home Council who reprimanded us.

"Indeed you are happy," they answered. "How else can men be when they live for their brothers?"

And now, sitting here in our tunnel, we wonder about these words. It is forbidden, not to be happy. For, as it has been explained to us, men are free and the earth belongs to them; and all things on earth belong to all men; and the will of all men together is good for all; and so all men must be happy.

Yet as we stand at night in the great hall, removing our garments for sleep, we look upon our brothers and we wonder. The heads of our brothers are bowed. The eyes of our brothers are dull, and never do they look one another in the eyes. The shoulders of our brothers are hunched, and their muscles are drawn, as if their bodies were shrinking and wished to shrink out of sight. And a word steals into our mind, as we look upon our brothers, and that word is fear.

There is fear hanging in the air of the sleeping halls, and in the air of the streets. Fear walks through the City, fear without name, without shape. All men feel it and none dare to speak.

de lo que nosotros podemos entender.

Luego tres de la hermanas en el campo aparecieron, viniendo hacia la carretera, y La Dorada se alejaron de nosotros. Tomaron la bolsa de semillas, y lanzaron las semillas en los surcos de tierra mientras se alejaban. Pero las semillas volaban salvajemente, pues la mano de La Dorada estaba temblando.

Todavía mientras caminábamos de regreso a la Casa de los Barrenderos, sentíamos que queríamos cantar, sin motivo. Así que fuimos reprendidos esta noche, en el comedor, pues sin darnos cuenta habíamos empezado a cantar en alto alguna melodía que nunca habíamos escuchado. Pero no es apropiado cantar sin motivo, salvo en las Reuniones Sociales.

«Estamos cantando porque somos felices», respondimos al miembro del Consejo de la Casa que nos reprendieron.

«Claro que sois felices», respondieron. «¿De qué otro modo pueden sentirse los hombres cuando viven para sus hermanos?»

Y ahora, sentados aquí en nuestro túnel, nos preguntamos acerca de estas palabras. Está prohibido, no ser feliz. Pues, como nos ha sido explicado, los hombres son libres y la tierra les pertenece; y todas las cosas sobre la tierra pertenecen a todos los hombres; y la voluntad de todos los hombres juntos es buena para todos; y por tanto todos los hombres deben ser felices.

Sin embargo cuando estamos de pie por la noche en la gran sala, quitándonos la ropa para dormir, miramos a nuestros hermanos y reflexionamos. Las cabezas de nuestros hermanos están inclinadas. Los ojos de nuestros hermanos son anodinos, y nunca se miran unos a otros a los ojos. Los hombros de nuestros hermanos están encorvados, y sus músculos están contraídos, como si sus cuerpos estuvieran encogiéndose y desearan encogerse hasta perderse de vista. Y una palabra asalta nuestra mente, al mirar a nuestros hermanos, y esa palabra es miedo.

Hay miedo flotando en el aire de las salas de dormir, y en el aire de las calles. El miedo camina a través de la Ciudad, un miedo sin nombre, sin forma. Todos los hombres lo sienten y

We feel it also, when we are in the Home of the Street Sweepers. But here, in our tunnel, we feel it no longer. The air is pure under the ground. There is no odor of men. And these three hours give us strength for our hours above the ground.

Our body is betraying us, for the Council of the Home looks with suspicion upon us. It is not good to feel too much joy nor to be glad that our body lives. For we matter not and it must not matter to us whether we live or die, which is to be as our brothers will it. But we, Equality 7-2521, are glad to be living. If this is a vice, then we wish no virtue.

Yet our brothers are not like us. All is not well with our brothers. There are Fraternity 2-5503, a quiet boy with wise, kind eyes, who cry suddenly, without reason, in the midst of day or night, and their body shakes with sobs they cannot explain. There are Solidarity 9-6347, who are a bright youth, without fear in the day; but they scream in their sleep, and they scream: "Help us! Help us! Help us!" into the night, in a voice which chills our bones, but the Doctors cannot cure Solidarity 9-6347.

And as we all undress at night, in the dim light of the candles, our brothers are silent, for they dare not speak the thoughts of their minds. For all must agree with all, and they cannot know if their thoughts are the thoughts of all, and so they fear to speak. And they are glad when the candles are blown for the night. But we, Equality 7-2521, look through the window upon the sky, and there is peace in the sky, and cleanliness, and dignity. And beyond the City there lies the plain, and beyond the plain, black upon the black sky, there lies the Uncharted Forest.

We do not wish to look upon the Uncharted Forest. We do not wish to think of it. But ever do our eyes return to that black patch upon the sky. Men never enter the Uncharted Forest, for

ningunos se atreven a hablar.

Nosotros también lo sentimos, cuando estamos en la Casa de los Barrenderos. Pero aquí, en nuestro túnel, dejamos de sentirlo. El aire es puro bajo la tierra. No hay olor de hombres. Y estas tres horas nos dan fuerza para nuestras horas sobre la tierra.

Nuestro cuerpo nos está delatando, pues el Consejo de la Casa nos mira con sospecha. No es bueno sentir demasiada alegría ni alegrarse de que nuestro cuerpo viva. Pues no nos importa y no debe importarnos si vivimos o morimos, algo que debe ser como nuestros hermanos lo decidan. Pero nosotros, Igualdad 7-2521, nos alegramos de estar viviendo. Si esto es un vicio, entonces no deseamos ninguna virtud.

Sin embargo nuestros hermanos no son como nosotros. Todo no está bien con nuestros hermanos. Están Fraternidad 2-5503, un chico tranquilo con ojos despiertos y agradables, que lloran de repente, sin motivo, en mitad del día o la noche, y su cuerpo se agita con sollozos que ellos no pueden explicar. Están Solidaridad 9-6347, que son un joven despierto, sin miedo durante el día; pero gritan en sueños, y gritan: «¡Ayudadnos! ¡Ayudadnos! ¡Ayudadnos!», por la noche, con una voz que nos hiela los huesos, pero los Médicos no pueden curar a Solidaridad 9-6347.

Y mientras todos nos desvestimos por la noche, a la luz tenue de las velas, nuestros hermanos están en silencio, pues no se atreven a formular los pensamientos de sus mentes. Pues todos deben estar de acuerdo con todos, y no pueden saber si sus pensamientos son los pensamientos de todos, así que temen hablar. Y se alegran cuando las velas se apagan por la noche. Pero nosotros, Igualdad 7-2521, miramos al cielo a través de la ventana, y hay paz en el cielo, y limpieza, y dignidad. Y más allá de la Ciudad se extiende un llano, y más allá del llano, negro frente al cielo negro, se extiende el Bosque Inexplorado.

No deseamos mirar hacia el Bosque Inexplorado. No deseamos pensar en él. Pero siempre nuestros ojos vuelven a ese retazo negro frente al cielo. Los hombres nunca entran al

there is no power to explore it and no path to lead among its ancient trees which stand as guards of fearful secrets. It is whispered that once or twice in a hundred years, one among the men of the City escape alone and run to the Uncharted Forest, without call or reason. These men do not return. They perish from hunger and from the claws of the wild beasts which roam the Forest.

But our Councils say that this is only a legend. We have heard that there are many Uncharted Forests over the land, among the Cities. And it is whispered that they have grown over the ruins of many cities of the Unmentionable Times. The trees have swallowed the ruins, and the bones under the ruins, and all the things which perished. And as we look upon the Uncharted Forest far in the night, we think of the secrets of the Unmentionable Times. And we wonder how it came to pass that these secrets were lost to the world. We have heard the legends of the great fighting, in which many men fought on one side and only a few on the other. These few were the Evil Ones and they were conquered. Then great fires raged over the land. And in these fires the Evil Ones and all the things made by the Evil Ones were burned. And the fire which is called the Dawn of the Great Rebirth, was the Script Fire where all the scripts of the Evil Ones were burned, and with them all the words of the Evil Ones. Great mountains of flame stood in the squares of the Cities for three months. Then came the Great Rebirth.

The words of the Evil Ones... The words of the Unmentionable Times... What are the words which we have lost?

May the Council have mercy upon us! We had no wish to write such a question, and we knew not what we were doing till we had written it. We shall not ask this question and we shall not think it. We shall not call death upon our head.

Bosque Inexplorado, pues no existe potestad para explorarlo y ningún sendero para guiarse entre sus antiguos árboles que se yerguen como guardianes de temibles secretos. Se murmura que una vez cada cien años, uno entre los hombres de la Ciudad escapan solo y corren hasta el Bosque Inexplorado, sin reclamo o motivo. Estos hombres no regresan. Perecen debido al hambre o a las garras de las bestias salvajes que deambulan por el Bosque.

Pero nuestros Consejos dicen que esto es solo una leyenda. Hemos oído que hay muchos Bosques Inexplorados sobre la tierra, entre las Ciudades. Y se rumorea que han crecido sobre las ruinas de muchas ciudades de los Tiempos Innombrables. Los árboles han engullido las ruinas, y los huesos bajo las ruinas, y todas las cosas que perecieron. Y cuando miramos hacia el Bosque Inexplorado lejano en la noche, pensamos en los secretos de los Tiempos Innombrables. Y nos figuramos cómo llegó a ocurrir que estos secretos se perdieran para el mundo. Hemos oído las leyendas sobre la gran lucha, en la que muchos hombres lucharon en un bando y solo unos pocos en el otro. Estos pocos eran Los Malvados y fueron derrotados. Luego grandes fuegos rugieron sobre la tierra. Y en estos fuegos Los Malvados y todas las cosas hechas por Los Malvados fueron incineradas. Y el fuego que es llamado el Amanecer del Gran Renacimiento, fue la Hoguera de los Textos donde todos los textos de Los Malvados fueron incinerados, y con ellos todas las palabras de Los Malvados. Grandes hogueras se alzaron en las plazas de las Ciudades durante tres meses. Luego vino el Gran Renacimiento.

Las palabras de Los Malvados... Las palabras de los Tiempos Innombrables... ¿Cuáles son las palabras que hemos perdido?

¡Que el Consejo tenga piedad de nosotros! No teníamos ningún deseo de escribir una pregunta semejante, y no sabíamos lo que estábamos haciendo hasta que la hubimos escrito. No tendríamos que formular esta pregunta y no tendríamos que pensarla. No tendríamos que atraer la muerte sobre nuestra ca-

And yet... And yet... There is some word, one single word which is not in the language of men, but which had been. And this is the Unspeakable Word, which no men may speak nor hear. But sometimes, and it is rare, sometimes, somewhere, one among men find that word. They find it upon scraps of old manuscripts or cut into the fragments of ancient stones. But when they speak it they are put to death. There is no crime punished by death in this world, save this one crime of speaking the Unspeakable Word.

We have seen one of such men burned alive in the square of the City. And it was a sight which has stayed with us through the years, and it haunts us, and follows us, and it gives us no rest. We were a child then, ten years old. And we stood in the great square with all the children and all the men of the City, sent to behold the burning. They brought the Transgressor out into the square and they led them to the pyre. They had torn out the tongue of the Transgressor, so that they could speak no longer. The Transgressor were young and tall. They had hair of gold and eyes blue as morning. They walked to the pyre, and their step did not falter. And of all the faces on that square, of all the faces which shrieked and screamed and spat curses upon them, theirs was the calmest and the happiest face.

As the chains were wound over their body at the stake, and a flame set to the pyre, the Transgressor looked upon the City. There was a thin thread of blood running from the corner of their mouth, but their lips were smiling. And a monstrous thought came to us then, which has never left us. We had heard of Saints. There are the Saints of Labor, and the Saints of the Councils, and the Saints of the Great Rebirth. But we had never seen a Saint nor what the likeness of a Saint should be. And we thought then, standing in the square, that the likeness of a Saint

beza.

Y sin embargo... Y sin embargo... Hay alguna palabra, una sola palabra que no está en el lenguaje de los hombres, pero que lo estuvo. Y esta es la Palabra Inefable, aquella que los hombres no pueden pronunciar ni escuchar. Pero alguna vez, y esto es insólito, alguna vez, en alguna parte, uno entre los hombres encuentran esta palabra. La encuentran en retales de viejos manuscritos o grabada en los fragmentos de piedras antiguas. Pero cuando la pronuncian son ejecutado. No existe ningún crimen castigado con la muerte en este mundo, salvo este crimen único que consiste en pronunciar la Palabra Inefable.

Hemos visto a uno de esos hombres ser quemado vivo en la plaza de la Ciudad. Y fue una imagen que ha permanecido con nosotros a través de los años, y que nos angustia, y nos persigue, y no nos concede reposo. Éramos un niño entonces, teníamos diez años. Y estábamos de pie en la gran plaza con todos los niños y todos los hombres de la Ciudad, enviados a contemplar la cremación. Empujaron al Transgresor hasta la plaza y les condujeron a la pira. Habían arrancado la lengua del Transgresor, para que no pudieran hablar nunca más. El Transgresor eran joven y alto. Tenían el pelo de oro y los ojos azules como el amanecer. Caminaron hasta la pira, y su paso no vaciló. Y de todos los rostros de aquella plaza, de todos los rostros que chillaban y gritaban y escupían maldiciones sobre ellos, el suyo era el rostro más apacible y más feliz.

Cuando las cadenas se cernieron sobre su cuerpo en la estaca, y una llama prendió la pira, el Transgresor miraron a la Ciudad. Había un fino hilo de sangre que corría desde la comisura de su boca, pero sus labios estaban sonriendo. Y un pensamiento monstruoso vino a nosotros entonces, que nunca nos ha abandonado. Habíamos oído hablar de los Santos. Están los Santos del Trabajo, y los Santos de los Consejos, y los Santos del Gran Renacimiento. Pero nosotros nunca habíamos visto un Santo ni sabíamos qué aspecto debían tener un Santo. Y pensamos entonces, estando en la plaza, que el aspecto de un Santo

was the face we saw before us in the flames, the face of the Transgressor of the Unspeakable Word.

As the flames rose, a thing happened which no eyes saw but ours, else we would not be living today. Perhaps it had only seemed to us. But it seemed to us that the eyes of the Transgressor had chosen us from the crowd and were looking straight upon us. There was no pain in their eyes and no knowledge of the agony of their body. There was only joy in them, and pride, a pride holier than is fit for human pride to be. And it seemed as if these eyes were trying to tell us something through the flames, to send into our eyes some word without sound. And it seemed as if these eyes were begging us to gather that word and not to let it go from us and from the earth. But the flames rose and we could not guess the word....

What —even if we have to burn for it like the Saint of the Pyre— what is the Unspeakable Word?

era el rostro que vimos ante nosotros entre las llamas, el rostro del Transgresor de la Palabra Inefable.

Cuando las llamas se alzaron, ocurrió una cosa que no vieron más ojos que los nuestros, pues de lo contrario no estaríamos viviendo hoy. Puede que solo nos lo pareciera a nosotros. Pero nos pareció que los ojos del Transgresor nos habían escogido entre la multitud y que nos miraban directamente a nosotros. No había ningún dolor en sus ojos y ningún conocimiento de la agonía de su cuerpo. Solo había alegría en ellos, y orgullo, un orgullo más sagrado de lo que le corresponde ser al orgullo humano. Y parecía como si aquellos ojos estuvieran intentando decirnos algo a través de las llamas, enviar a nuestros ojos alguna palabra sin sonido. Y parecía como si aquellos ojos estuvieran implorándonos que recogiéramos esa palabra y que no la dejáramos irse de nosotros y de la tierra. Pero las llamas ascendieron y no pudimos adivinar la palabra…

¿Cuál —incluso si tenemos que arder por ella como el Santo de la Pira— cuál es la Palabra Inefable?

PART THREE

We, Equality 7-2521, have discovered a new power of nature. And we have discovered it alone, and we alone are to know it.

It is said. Now let us be lashed for it, if we must. The Council of Scholars has said that we all know the things which exist and therefore the things which are not known by all do not exist. But we think that the Council of Scholars is blind. The secrets of this earth are not for all men to see, but only for those who will seek them. We know, for we have found a secret unknown to all our brothers.

We know not what this power is nor whence it comes. But we know its nature, we have watched it and worked with it. We saw it first two years ago. One night, we were cutting open the body of a dead frog when we saw its leg jerking. It was dead, yet it moved. Some power unknown to men was making it move. We could not understand it. Then, after many tests, we found the answer. The frog had been hanging on a wire of

TERCERA PARTE

Nosotros, Igualdad 7-2521, hemos descubierto un nuevo poder de la naturaleza. Y lo hemos descubierto solo, y solo nos corresponde a nosotros conocerlo.

Está dicho. Ahora dejemos que nos azoten por ello, si debemos. El Consejo de Eruditos ha dicho que todos conocemos las cosas que existen y por tanto las cosas que no son conocidas por todos no existen. Pero nosotros pensamos que el Consejo de Eruditos está ciego. Los secretos de esta tierra no serán visibles para todos los hombres, sino solo para aquellos que los busquen. Nosotros lo sabemos, pues hemos encontrado un secreto desconocido para todos nuestros hermanos.

No sabemos qué es este poder ni de dónde viene. Pero conocemos su naturaleza, la hemos observado y hemos trabajo con ella. Lo vimos por primera vez hace dos años. Una noche, estábamos diseccionando el cuerpo de una rana muerta cuando vimos su anca sacudiéndose. Estaba muerta, y no obstante se movía. Algún poder desconocido para los hombres la estaba haciendo moverse. No podíamos entenderlo. Luego, después de muchas pruebas, encontramos la respuesta. La rana esta-

copper; and it had been the metal of our knife which had sent the strange power to the copper through the brine of the frog's body. We put a piece of copper and a piece of zinc into a jar of brine, we touched a wire to them, and there, under our fingers, was a miracle which had never occurred before, a new miracle and a new power.

This discovery haunted us. We followed it in preference to all our studies. We worked with it, we tested it in more ways than we can describe, and each step was as another miracle unveiling before us. We came to know that we had found the greatest power on earth. For it defies all the laws known to men. It makes the needle move and turn on the compass which we stole from the Home of the Scholars; but we had been taught, when still a child, that the loadstone points to the north and that this is a law which nothing can change; yet our new power defies all laws. We found that it causes lightning, and never have men known what causes lightning. In thunderstorms, we raised a tall rod of iron by the side of our hole, and we watched it from below. We have seen the lightning strike it again and again. And now we know that metal draws the power of the sky, and that metal can be made to give it forth.

We have built strange things with this discovery of ours. We used for it the copper wires which we found here under the ground. We have walked the length of our tunnel, with a candle lighting the way. We could go no farther than half a mile, for earth and rock had fallen at both ends. But we gathered all the things we found and we brought them to our work place. We found strange boxes with bars of metal inside, with many cords and strands and coils of metal. We found wires that led to strange little globes of glass on the walls; they contained threads of metal thinner than a spider's web.

These things help us in our work. We do not understand

ba colgada en un alambre de cobre; y había sido el metal de nuestro cuchillo el que había enviado el extraño poder al cobre a través de la salmuera del cuerpo de la rana. Pusimos un trozo de cobre y un trozo de zinc dentro de una jarra de salmuera, les acoplamos un alambre, y allí, bajo nuestros dedos, había un milagro que no había ocurrido nunca antes, un nuevo milagro y un nuevo poder.

Este descubrimiento nos hostigaba. Lo proseguimos con preferencia sobre todos nuestros estudios. Trabajamos en él, lo pusimos a prueba en más formas de las que podemos describir, y cada paso era como otro milagro desvelándose ante nosotros. Llegamos a comprender que habíamos encontrado el mayor poder de la tierra. Pues desafía todas las leyes conocidas por los hombres. Hace que la aguja se mueva y gire en la brújula que robamos de la Casa de los Eruditos; pero nos enseñaron, cuando éramos todavía un niño, que la piedra magnética señala el norte y que esta es una ley que nada puede cambiar; sin embargo nuestro nuevo poder desafía todas las leyes. Descubrimos que causa el rayo, y nunca los hombres han sabido qué causa el rayo. En las tormentas, levantamos una vara alta de hierro al lado de nuestro agujero, y la observamos desde abajo. Hemos visto el rayo golpearla una y otra vez. Y ahora sabemos que el metal atrae el poder del cielo, y que puede hacerse que el metal lo difunda.

Hemos construido objetos extraños con este descubrimiento nuestro. Hemos usado para ello los alambres de cobre que encontramos aquí bajo la tierra. Hemos recorrido nuestro túnel entero, con una vela iluminando el camino. No pudimos ir más lejos de media milla, pues se habían desprendido tierra y roca en ambos extremos. Pero recogimos todas las cosas que encontramos y las trajimos a nuestro lugar de trabajo. Encontramos cajas extrañas con barras de metal dentro, con muchos cordones y filamentos y bobinas de metal. Encontramos cables que conducen a pequeños extraños globos de vidrio en los muros; contenían hilos de metal más finos que la tela de una araña.

Estos objetos nos ayudan en nuestro trabajo. No los entende-

them, but we think that the men of the Unmentionable Times had known our power of the sky, and these things had some relation to it. We do not know, but we shall learn. We cannot stop now, even though it frightens us that we are alone in our knowledge.

No single one can possess greater wisdom than the many Scholars who are elected by all men for their wisdom. Yet we can. We do. We have fought against saying it, but now it is said. We do not care. We forget all men, all laws and all things save our metals and our wires. So much is still to be learned! So long a road lies before us, and what care we if we must travel it alone!

mos, pero pensamos que los hombres de los Tiempos Innombrables habían conocido el poder del cielo, y estas cosas tenían alguna relación con él. No lo sabemos, pero aprenderemos. No podemos detenernos ahora, pese a que nos asusta estar solos en nuestro conocimiento.

Ninguno solo pueden poseer mayor sabiduría que los muchos Eruditos que son elegidos por todos los hombres debido a su sabiduría. Sin embargo nosotros podemos. Nosotros sí podemos. Hemos luchado para no decirlo, pero ahora está dicho. No nos importa. Nos olvidamos de todos los hombres, todas las leyes y todas las cosas salvo nuestros metales y nuestros cables. ¡Es tanto lo que queda por aprender! Por el momento una carretera se extiende ante nosotros, y ¡qué nos importa si hemos de recorrerla solos!

PART FOUR

Many days passed before we could speak to the Golden One again. But then came the day when the sky turned white, as if the sun had burst and spread its flame in the air, and the fields lay still without breath, and the dust of the road was white in the glow. So the women of the field were weary, and they tarried over their work, and they were far from the road when we came. But the Golden One stood alone at the hedge, waiting. We stopped and we saw that their eyes, so hard and scornful to the world, were looking at us as if they would obey any word we might speak.

And we said:

"We have given you a name in our thoughts, Liberty 5-3000."

"What is our name?" they asked.

"The Golden One."

"Nor do we call you Equality 7-2521 when we think of you."

CUARTA PARTE

Pasaron muchos días antes de que pudiéramos hablar con La Dorada de nuevo. Pero entonces llegó el día en que el cielo se volvió blanco, como si el sol hubiera estallado y extendido su llama en el aire, y los campos permanecían inmóviles sin aliento, y el polvo de la carretera era blanco en el resplandor. Así que las mujeres del campo estaban cansadas, y se retrasaban en su trabajo, y estaban lejos de la carretera cuando llegamos. Pero La Dorada estaban de pie sola junto al seto, esperando. Nos detuvimos y vimos que sus ojos, tan duros y despectivos hacia el mundo, nos estaban mirando a nosotros como si estuvieran dispuesta a obedecer cualquier palabra que pudiéramos decir.

Y nosotros dijimos:

«Os hemos dado un nombre en nuestros pensamientos, Libertad 5-3000.»

«¿Cuál es nuestro nombre?», preguntaron ellas.

«La Dorada.»

«Tampoco nosotras os llamamos Igualdad 7-2521 cuando pensamos en vosotros.»

"What name have you given us?" They looked straight into our eyes and they held their head high and they answered:

"The Unconquered."

For a long time we could not speak. Then we said:

"Such thoughts as these are forbidden, Golden One."

"But you think such thoughts as these and you wish us to think them."

We looked into their eyes and we could not lie.

"Yes," we whispered, and they smiled, and then we said: "Our dearest one, do not obey us."

They stepped back, and their eyes were wide and still.

"Speak these words again," they whispered.

"Which words?" we asked. But they did not answer, and we knew it.

"Our dearest one," we whispered.

Never have men said this to women.

The head of the Golden One bowed slowly, and they stood still before us, their arms at their sides, the palms of their hands turned to us, as if their body were delivered in submission to our eyes. And we could not speak.

Then they raised their head, and they spoke simply and gently, as if they wished us to forget some anxiety of their own.

"The day is hot," they said, "and you have worked for many hours and you must be weary."

"No," we answered.

"It is cooler in the fields," they said, "and there is water to drink. Are you thirsty?"

"Yes," we answered, "but we cannot cross the hedge."

"We shall bring the water to you," they said.

Then they knelt by the moat, they gathered water in their two hands, they rose and they held the water out to our lips.

We do not know if we drank that water. We only knew sud-

«¿Qué nombre nos habéis dado?» Ellas nos miraron directamente a los ojos y mantuvieron su cabeza en alto y respondieron:

«El Indomable.»

Durante un largo rato no pudimos hablar. Luego dijimos:

«Pensamientos como estos están prohibidos, Dorada.»

«Pero vosotros pensáis pensamientos como estos y deseáis que nosotras los pensemos.»

Les miramos a los ojos y no pudimos mentir.

«Sí», susurramos, y ellas sonrieron, y entonces dijimos: «Querida nuestra, no nos obedezcáis.»

Ellas retrocedieron, y sus ojos estaban muy abiertos y fijos.

«Volved a decir esas palabras», susurraron.

«¿Qué palabras?», preguntamos. Pero ellas no respondieron, y nosotros lo supimos.

«Querida nuestra», susurramos.

Jamás los hombres habían dicho esto a las mujeres.

La cabeza de La Dorada se inclinó lentamente, y ellas se quedaron inmóviles ante nosotros, sus brazos a los lados, las palmas de sus manos vueltas hacia nosotros, como si su cuerpo estuviera entregado en sumisión a nuestros ojos. Y no pudimos hablar.

Entonces alzaron su cabeza, y hablaron sencilla y dulcemente, como si desearan que nosotros olvidáramos alguna inquietud de su propiedad.

«El día es caluroso», dijeron, «y vosotros habéis trabajado muchas horas y debéis de estar cansado».

«No», respondimos.

«Hace más fresco en los campos», dijeron, «y hay agua para beber. ¿Estáis sediento?»

«Sí», respondimos, «pero no podemos cruzar el seto».

«Nosotras traeremos el agua hasta vosotros», dijeron.

Entonces se arrodillaron junto a la acequia, recogieron agua entre sus dos manos, se levantaron y acercaron el agua hasta nuestros labios.

No sabemos si bebimos aquel agua. Solo supimos de pronto

denly that their hands were empty, but we were still holding our lips to their hands, and that they knew it, but did not move.

We raised our head and stepped back. For we did not understand what had made us do this, and we were afraid to understand it.

And the Golden One stepped back, and stood looking upon their hands in wonder. Then the Golden One moved away, even though no others were coming, and they moved, stepping back, as if they could not turn from us, their arms bent before them, as if they could not lower their hands.

que sus manos estaban vacías, pero nosotros seguíamos con nuestros labios unidos a sus manos, y que ellas lo sabían, pero no se movieron.

Levantamos la cabeza y dimos un paso atrás. Pues no entendíamos qué nos había llevado a hacer esto, y tuvimos miedo de entenderlo.

Y La Dorada dieron un paso atrás, y siguieron mirando sus manos ensimismada. Luego la Dorada se marcharon, a pesar de que ningunos otros venían, y ellas se movieron, andando hacia atrás, como si no pudieran darnos la espalda, con sus brazos recogidos ante ellas, como si no pudieran bajar sus manos.

PART FIVE

We made it. We created it. We brought it forth from the night of the ages. We alone. Our hands. Our mind. Ours alone and only.

We know not what we are saying. Our head is reeling. We look upon the light which we have made. We shall be forgiven for anything we say tonight....

Tonight, after more days and trials than we can count, we finished building a strange thing, from the remains of the Unmentionable Times, a box of glass, devised to give forth the power of the sky of greater strength than we had ever achieved before. And when we put our wires to this box, when we closed the current —the wire glowed! It came to life, it turned red, and a circle of light lay on the stone before us.

We stood, and we held our head in our hands. We could not conceive of that which we had created. We had touched no flint, made no fire. Yet here was light, light that came from nowhere, light from the heart of metal.

QUINTA PARTE

Lo hicimos. Lo creamos. Lo extrajimos de la noche de los tiempos. Nosotros solos. Nuestras manos. Nuestra mente. Las nuestras solas y únicamente.

No sabemos lo que estamos diciendo. Nuestra cabeza está embrollada. Miramos hacia la luz que hemos creado. Debemos ser disculpados por cualquier cosa que digamos esta noche...

Esta noche, después de más días y ensayos de los que podemos contar, hemos terminado de construir un extraño objeto, a partir de los restos de los Tiempos Innombrables, una caja de vidrio, dispuesta para emitir el poder del cielo con una intensidad que nunca antes habíamos alcanzado. Y cuando conectamos nuestros cables a esta caja, cuando cerramos la corriente —¡el cable resplandeció! Cobró vida, se volvió rojo, y un círculo de luz se extendió en la piedra ante nosotros.

Nos pusimos en pie, y sostuvimos nuestra cabeza entre las manos. No podíamos concebir lo que habíamos creado. No habíamos tocado ningún pedernal, ni hecho ningún fuego. Y sin embargo aquí había luz, luz que venía desde ninguna parte, luz del corazón del metal.

We blew out the candle. Darkness swallowed us. There was nothing left around us, nothing save night and a thin thread of flame in it, as a crack in the wall of a prison. We stretched our hands to the wire, and we saw our fingers in the red glow. We could not see our body nor feel it, and in that moment nothing existed save our two hands over a wire glowing in a black abyss.

Then we thought of the meaning of that which lay before us. We can light our tunnel, and the City, and all the Cities of the world with nothing save metal and wires. We can give our brothers a new light, cleaner and brighter than any they have ever known. The power of the sky can be made to do men's bidding. There are no limits to its secrets and its might, and it can be made to grant us anything if we but choose to ask.

Then we knew what we must do. Our discovery is too great for us to waste our time in sweeping the streets. We must not keep our secret to ourselves, nor buried under the ground. We must bring it into the sight of all men. We need all our time, we need the work rooms of the Home of the Scholars, we want the help of our brother Scholars and their wisdom joined to ours. There is so much work ahead for all of us, for all the Scholars of the world.

In a month, the World Council of Scholars is to meet in our City. It is a great Council, to which the wisest of all lands are elected, and it meets once a year in the different Cities of the earth. We shall go to this Council and we shall lay before them, as our gift, this glass box with the power of the sky. We shall confess everything to them. They will see, understand and forgive. For our gift is greater than our transgression. They will explain it to the Council of Vocations, and we shall be assigned to the Home of the Scholars. This has never been done before, but neither has a gift such as ours ever been offered to men.

Apagamos la vela. La oscuridad nos engulló. No había nada más a nuestro alrededor, nada salvo noche y un fino hilo de llama en ella, como una grieta en el muro de una prisión. Extendimos nuestras manos hacia el alambre, y vimos nuestros dedos en el rojo resplandor. No podíamos ver nuestro cuerpo ni sentirlo, y en ese momento nada existía salvo nuestras dos manos sobre un alambre resplandeciente en un abismo negro.

Entonces pensamos en el significado de aquello que yacía ante nosotros. Podemos iluminar nuestro túnel, y la Ciudad, y todas las Ciudades del mundo con nada más que metal y cables. Podemos dar a nuestros hermanos una nueva luz, más limpia y más brillante que ninguna de las que han conocido jamás. El poder del cielo puede usarse para hacer la voluntad de los hombres. No existen límites a sus secretos y su poder, y podemos hacer que nos conceda cualquier cosa si sencillamente elegimos preguntar.

Entonces supimos lo que debíamos hacer. Nuestro descubrimiento es demasiado grande para que desperdiciemos nuestro tiempo barriendo las calles. No debemos reservar nuestro secreto para nosotros mismos, ni enterrarlo bajo la tierra. Debemos llevarlo a la vista de todos los hombres. Necesitamos todo nuestro tiempo, necesitamos las aulas de trabajo de la Casa de los Eruditos, queremos la ayuda de nuestros hermanos Eruditos y su sabiduría unida a la nuestra. Hay tanto trabajo por delante para todos nosotros, para todos los Eruditos del mundo.

Dentro de un mes, el Consejo Mundial de Eruditos se reunirá en nuestra Ciudad. Es un gran Consejo, para el que son elegidos los más sabios de todas las tierras, y se reúne una vez al año en las diferentes Ciudades de la tierra. Acudiremos a este Consejo y presentaremos ante ellos, como nuestro regalo, esta caja de vidrio con el poder del cielo. Se lo confesaremos todo a ellos. Ellos verán, entenderán y perdonarán. Pues nuestro regalo es mayor que nuestra transgresión. Ellos se lo explicarán al Consejo de Vocaciones, y nosotros seremos asignados a la Casa de los Eruditos. Esto nunca se ha hecho antes, pero tampoco un regalo como el nuestro ha sido ofrecido jamás a los hombres.

We must wait. We must guard our tunnel as we had never guarded it before. For should any men save the Scholars learn of our secret, they would not understand it, nor would they believe us. They would see nothing, save our crime of working alone, and they would destroy us and our light. We care not about our body, but our light is...

Yes, we do care. For the first time do we care about our body. For this wire is as a part of our body, as a vein torn from us, glowing with our blood. Are we proud of this thread of metal, or of our hands which made it, or is there a line to divide these two?

We stretch out our arms. For the first time do we know how strong our arms are. And a strange thought comes to us: we wonder, for the first time in our life, what we look like. Men never see their own faces and never ask their brothers about it, for it is evil to have concern for their own faces or bodies. But tonight, for a reason we cannot fathom, we wish it were possible to us to know the likeness of our own person.

Debemos esperar. Debemos vigilar nuestro túnel como nunca antes lo hemos vigilado. Pues si algunos hombres excepto los Eruditos supieran de nuestro secreto, no lo entenderían, ni nos creerían. No verían nada, salvo nuestro crimen de trabajar solos, y nos destruirían a nosotros y a nuestra luz. No nos importa nuestro cuerpo, pero nuestra luz es…

Sí, de hecho nos importa. Por primera vez nos importa nuestro cuerpo. Pues este alambre es una parte de nuestro cuerpo, como una vena extraída de nosotros, resplandeciendo con nuestra sangre. ¿Estamos orgullosos de este hilo de metal, o de nuestras manos que lo hicieron, o existe una línea que divida a ambos?

Extendemos nuestros brazos. Por primera vez nos damos cuenta de lo fuertes que son nuestros brazos. Y un pensamiento extraño viene a nosotros: nos preguntamos, por primera vez en nuestra vida, qué aspecto tenemos. Los hombres nunca ven sus propios rostros y nunca preguntan a sus hermanos sobre ello, pues es malo preocuparse de sus propios rostros o de sus cuerpos. Pero esta noche, por una razón que no podemos alcanzar, deseamos que fuera posible para nosotros conocer el aspecto de nuestra propia persona.

PART SIX

We have not written for thirty days. For thirty days we have not been here, in our tunnel. We had been caught. It happened on that night when we wrote last. We forgot, that night, to watch the sand in the glass which tells us when three hours have passed and it is time to return to the City Theatre. When we remembered it, the sand had run out.

We hastened to the Theatre. But the big tent stood grey and silent against the sky. The streets of the City lay before us, dark and empty. If we went back to hide in our tunnel, we would be found and our light found with us. So we walked to the Home of the Street Sweepers.

When the Council of the Home questioned us, we looked upon the faces of the Council, but there was no curiosity in those faces, and no anger, and no mercy. So when the oldest of them asked us: "Where have you been?" we thought of our glass box and of our light, and we forgot all else. And we answered:

SEXTA PARTE

No hemos escrito en treinta días. Durante treinta días no hemos estado aquí, en nuestro túnel. Fuimos capturados. Ocurrió aquella noche en que escribimos por última vez. Nos olvidamos, aquella noche, de vigilar la arena en el vaso que nos indica cuando han pasado tres horas y es el momento de regresar al Teatro Local. Cuando nos acordamos de ello, la arena se había agotado.

Nos apresuramos hacia el Teatro. Pero la gran carpa se levantaba gris y silenciosa contra el cielo. Las calles de la Ciudad se extendían ante nosotros, oscuras y vacías. Si volvíamos a escondernos en nuestro túnel, nos habrían encontrado y a nuestra luz junto con nosotros. Así que caminamos hasta la Casa de los Barrenderos.

Cuando el Consejo de la Casa nos interrogó, observamos los rostros del Consejo, pero no había ninguna curiosidad en aquellos rostros, y ningún enfado, y ninguna compasión. Así que cuando el más viejo de ellos nos preguntaron: «¿Dónde habéis estado?», pensamos en nuestra caja de vidrio y en nuestra luz, y nos olvidamos de todo lo demás. Y respondimos:

"We will not tell you."

The oldest did not question us further. They turned to the two youngest, and said, and their voice was bored:

"Take our brother Equality 7-2521 to the Palace of Corrective Detention. Lash them until they tell."

So we were taken to the Stone Room under the Palace of Corrective Detention. This room has no windows and it is empty save for an iron post. Two men stood by the post, naked but for leather aprons and leather hoods over their faces. Those who had brought us departed, leaving us to the two Judges who stood in a corner of the room. The Judges were small, thin men, grey and bent. They gave the signal to the two strong hooded ones.

They tore the clothes from our body, they threw us down upon our knees and they tied our hands to the iron post. The first blow of the lash felt as if our spine had been cut in two. The second blow stopped the first, and for a second we felt nothing, then the pain struck us in our throat and fire ran in our lungs without air. But we did not cry out.

The lash whistled like a singing wind. We tried to count the blows, but we lost count. We knew that the blows were falling upon our back. Only we felt nothing upon our back any longer. A flaming grill kept dancing before our eyes, and we thought of nothing save that grill, a grill, a grill of red squares, and then we knew that we were looking at the squares of the iron grill in the door, and there were also the squares of stone on the walls, and the squares which the lash was cutting upon our back, crossing and re-crossing itself in our flesh.

Then we saw a fist before us. It knocked our chin up, and we saw the red froth of our mouth on the withered fingers, and the Judge asked:

"Where have you been?"

«No os lo diremos.»

El más viejo no nos interrogaron más. Se volvieron hacia los dos más jóvenes, y dijeron, y su voz era hastiada:

«Llevad a vuestro hermano Igualdad 7-2521 al Palacio de Detención Correccional. Azotadles hasta que declaren.»

De modo que nos llevaron a la Cámara de Piedra bajo el Palacio de Detención Correccional. Esta cámara no tiene ventanas y está vacía salvo por un poste de hierro. Dos hombres estaban junto al poste, desnudos salvo por unos delantales de piel y unas capuchas de piel sobre sus rostros. Aquellos que nos habían traído se marcharon, dejándonos en manos de los dos Jueces que estaban en un rincón de la cámara. Los Jueces eran pequeños, delgados hombres, grises y encorvados. Ellos dieron la señal a los otros dos fuertes encapuchados.

Nos arrancaron las ropas de nuestro cuerpo, nos derribaron sobre nuestras rodillas y nos ataron las manos al poste de hierro. Con el primer golpe del látigo sentimos como si nos hubieran partido en dos la columna. El segundo golpe detuvo el primero, y durante un segundo no sentimos nada, y después el dolor nos golpeó en la garganta y corrió fuego en nuestros pulmones sin aire. Pero no gritamos.

El látigo silbó como una ráfaga de viento. Intentamos contar los golpes, pero perdimos la cuenta. Sabíamos que los golpes estaban cayendo sobre nuestra espalda. Solo que ya no sentíamos nada sobre nuestra espalda. Una rejilla ardiendo se mantenía danzando ante nuestros ojos, y no pensábamos en nada excepto en esa rejilla, una rejilla, una rejilla de recuadros rojos, y entonces supimos que estábamos mirando a los recuadros de la rejilla de hierro de la puerta, y estaban también los recuadros de piedra en las paredes, y los recuadros que el látigo estaba cortando sobre nuestra espalda, cruzándose y recruzándose en nuestra carne.

Luego vimos un puño delante de nosotros. Nos golpeó en el mentón, y vimos la espuma roja de nuestra boca en los dedos lacerados, y el Juez preguntaron:

«¿Dónde habéis estado?»

But we jerked our head away, hid our face upon our tied hands, and bit our lips.

The lash whistled again. We wondered who was sprinkling burning coal dust upon the floor, for we saw drops of red twinkling on the stones around us.

Then we knew nothing, save two voices snarling steadily, one after the other, even though we knew they were speaking many minutes apart:

"Where have you been where have you been where have you been where have you been?..."

And our lips moved, but the sound trickled back into our throat, and the sound was only:

"The light... The light... The light...."

Then we knew nothing.

We opened our eyes, lying on our stomach on the brick floor of a cell. We looked upon two hands lying far before us on the bricks, and we moved them, and we knew that they were our hands. But we could not move our body. Then we smiled, for we thought of the light and that we had not betrayed it.

We lay in our cell for many days. The door opened twice each day, once for the men who brought us bread and water, and once for the Judges. Many Judges came to our cell, first the humblest and then the most honored Judges of the City. They stood before us in their white togas, and they asked:

"Are you ready to speak?"

But we shook our head, lying before them on the floor. And they departed.

We counted each day and each night as it passed. Then, tonight, we knew that we must escape. For tomorrow the World Council of Scholars is to meet in our City.

It was easy to escape from the Palace of Corrective Detention. The locks are old on the doors and there are no guards about. There is no reason to have guards, for men have never

Pero nosotros apartamos la cabeza, escondimos nuestro rostro entre nuestras manos atadas, y nos mordimos los labios.

El látigo silbó de nuevo. Nos preguntamos quiénes estaban esparciendo polvo de carbón incandescente sobre el suelo, pues veíamos gotas rojas titilando en las piedras a nuestro alrededor.

Luego no percibimos nada, salvo dos voces gruñendo constantemente, una detrás de la otra, a pesar de que sabíamos que estaban hablando separadas por varios minutos:

«¿Dónde habéis estado dónde habéis estado dónde habéis estado dónde habéis estado…?»

Y nuestros labios se movieron, pero el sonido se escurría hacia atrás en nuestra garganta, y el sonido fue solamente:

«La luz… La luz… La luz…»

Luego no percibimos nada.

Abrimos nuestros ojos, tumbados boca abajo sobre el suelo de ladrillo de una celda. Miramos hacia dos manos tendidas a lo lejos ante nosotros en los ladrillos, y las movimos, y comprendimos que eran nuestras manos. Pero no podíamos mover nuestro cuerpo. Entonces sonreímos, pues pensamos en la luz y en que no la habíamos traicionado.

Estuvimos tumbados en nuestra celda durante muchos días. La puerta se abría dos veces al día, una vez para los hombres que nos traían pan y agua, y una vez para los Jueces. Vinieron muchos Jueces a nuestra celda, primero los más humildes y luego los más honorables Jueces de la Ciudad. Se quedaban ante nosotros vestidos con sus togas blancas, y luego preguntaban:

«¿Estáis preparados para hablar?»

Pero nosotros sacudíamos nuestra cabeza, tumbados en el suelo frente a ellos. Y ellos se marchaban.

Contábamos cada día y cada noche según pasaba. Luego, esta noche, supimos que debíamos escapar. Pues mañana el Consejo Mundial de Eruditos se reunirá en nuestra Ciudad.

Fue fácil escapar del Palacio de Detención Correccional. Los cerrojos de las puertas son viejos y no hay guardianes por allí. No hay razón para tener guardianes, pues los hombres nunca

defied the Councils so far as to escape from whatever place they were ordered to be. Our body is healthy and strength returns to it speedily. We lunged against the door and it gave way. We stole through the dark passages, and through the dark streets, and down into our tunnel.

We lit the candle and we saw that our place had not been found and nothing had been touched. And our glass box stood before us on the cold oven, as we had left it. What matter they now, the scars upon our back!

Tomorrow, in the full light of day, we shall take our box, and leave our tunnel open, and walk through the streets to the Home of the Scholars. We shall put before them the greatest gift ever offered to men. We shall tell them the truth. We shall hand to them, as our confession, these pages we have written. We shall join our hands to theirs, and we shall work together, with the power of the sky, for the glory of mankind. Our blessing upon you, our brothers! Tomorrow, you will take us back into your fold and we shall be an outcast no longer. Tomorrow we shall be one of you again. Tomorrow...

han desafiado a los Consejos hasta el punto de escapar de cualquier lugar en el que les hubieran ordenado estar. Nuestro cuerpo es sano y la fuerza vuelve a él rápidamente. Arremetimos contra la puerta y cedió. Nos escabullimos a través de los oscuros pasadizos, y a través de las calles oscuras, y bajamos a nuestro túnel.

Encendimos la vela y vimos que nuestro lugar no había sido descubierto y nada había sido tocado. Y nuestra caja de vidrio estaba ante nosotros sobre el horno frío, como la habíamos dejado. ¡Qué importan ellas ahora, las cicatrices de nuestra espalda!

Mañana, a plena luz del día, tomaremos nuestra caja, y dejaremos nuestro túnel abierto, y atravesaremos las calles hasta la Casa de los Eruditos. Pondremos ante ellos el regalo más grande jamás ofrecido a los hombres. Les contaremos la verdad. Les entregaremos, como nuestra confesión, estas páginas que hemos escrito. Uniremos nuestras manos a las suyas, y trabajaremos juntos, con el poder del cielo, para la gloria de la humanidad. ¡Os bendecimos, hermanos nuestros! Mañana, nos aceptaréis de nuevo en vuestro redil y no seremos unos parias nunca más. Mañana volveremos a ser uno de vosotros. Mañana…

PART SEVEN

It is dark here in the forest. The leaves rustle over our head, black against the last gold of the sky. The moss is soft and warm. We shall sleep on this moss for many nights, till the beasts of the forest come to tear our body. We have no bed now, save the moss, and no future, save the beasts.

We are old now, yet we were young this morning, when we carried our glass box through the streets of the City to the Home of the Scholars. No men stopped us, for there were none about from the Palace of Corrective Detention, and the others knew nothing. No men stopped us at the gate. We walked through empty passages and into the great hall where the World Council of Scholars sat in solemn meeting.

We saw nothing as we entered, save the sky in the great windows, blue and glowing. Then we saw the Scholars who sat around a long table; they were as shapeless clouds huddled at the rise of the great sky. There were men whose famous names we knew, and others from distant lands whose names we had

SÉPTIMA PARTE

Está oscuro aquí en el bosque. Las hojas musitan sobre nuestra cabeza, negras contra el último oro del cielo. El musgo es suave y cálido. Dormiremos sobre este musgo muchas noches, hasta que las bestias del bosque vengan a desgarrar nuestro cuerpo. Ahora no tenemos ninguna cama, salvo el musgo, y ningún futuro, salvo las bestias.

Somos viejo ahora, aunque éramos joven esta mañana, cuando llevábamos nuestra caja de vidrio a través de las calles de la Ciudad hacia la casa de los Eruditos. Ningunos hombres nos detuvieron, pues no había ningunos cerca del Palacio de Detención Correccional, y los demás no sabían nada. Ningunos hombres nos detuvieron en la entrada. Caminamos a través de los pasillos vacíos y a través del gran salón en el que el Consejo de Eruditos estaba sentado en solemne reunión.

No vimos nada al entrar, salvo el cielo en las grandes ventanas, azul y resplandeciente. Entonces vimos a los Eruditos que estaban sentados en torno a una larga mesa; eran como nubes amorfas aglutinadas ante el ascenso del magnífico cielo. Había hombres cuyos famosos nombres conocíamos, y otros de tierras

not heard. We saw a great painting on the wall over their heads, of the twenty illustrious men who had invented the candle.

All the heads of the Council turned to us as we entered. These great and wise of the earth did not know what to think of us, and they looked upon us with wonder and curiosity, as if we were a miracle. It is true that our tunic was torn and stained with brown stains which had been blood. We raised our right arm and we said:

"Our greeting to you, our honored brothers of the World Council of Scholars!"

Then Collective 0-0009, the oldest and wisest of the Council, spoke and asked:

"Who are you, our brother? For you do not look like a Scholar."

"Our name is Equality 7-2521," we answered, "and we are a Street Sweeper of this City."

Then it was as if a great wind had stricken the hall, for all the Scholars spoke at once, and they were angry and frightened.

"A Street Sweeper! A Street Sweeper walking in upon the World Council of Scholars! It is not to be believed! It is against all the rules and all the laws!"

But we knew how to stop them.

"Our brothers!" we said. "We matter not, nor our transgression. It is only our brother men who matter. Give no thought to us, for we are nothing, but listen to our words, for we bring you a gift such as had never been brought to men. Listen to us, for we hold the future of mankind in our hands."

Then they listened.

We placed our glass box upon the table before them. We spoke of it, and of our long quest, and of our tunnel, and of our escape from the Palace of Corrective Detention. Not a hand moved in that hall, as we spoke, nor an eye. Then we put the

lejanas cuyos nombres no habíamos oído. Vimos un gran cuadro en la pared sobre sus cabezas, que mostraba a los veinte ilustres hombres que habían inventado la vela.

Todas las cabezas del Consejo se volvieron hacia nosotros cuando entramos. Esos grandes y sabios de la tierra no sabían qué pensar sobre nosotros, y nos miraban con asombro y curiosidad, como si fuéramos un milagro. Es verdad que nuestra túnica estaba desgarrada y manchada con manchas marrones que habían sido sangre. Alzamos nuestro brazo derecho y dijimos:

«¡Os saludamos, nuestros honorables hermanos del Consejo Mundial de Eruditos!»

Entonces Colectivo 0-0009, el más viejo y más sabio del Consejo, hablaron y preguntaron:

«¿Quiénes sois vosotros, hermano nuestro? Pues no parecéis un Erudito.»

«Nuestro nombre es Igualdad 7-2521», respondimos, «y somos un Barrendero de esta Ciudad.»

Entonces fue como si un gran viento hubiera sacudido la sala, pues todos los Eruditos hablaron a la vez, y estaban enfadados y asustados.

«¡Un Barrendero! ¡Un Barrendero irrumpiendo en el Consejo Mundial de Eruditos! ¡Es inaudito! ¡Va en contra de todas las reglas y todas las leyes!»

Pero nosotros sabíamos cómo detenerles.

«¡Nuestros hermanos!», dijimos. «Nosotros no importamos, ni tampoco nuestra transgresión. Son solamente nuestros hermanos hombres quienes importan. No os preocupéis de nosotros, pues no somos nada, pero escuchad nuestras palabras, pues os traemos un regalo como no ha sido traído jamás a los hombres. Escuchadnos, pues el futuro de la humanidad pende de nuestras manos.»

Entonces ellos escucharon.

Colocamos nuestra caja de vidrio sobre la mesa frente a ellos. Hablamos de ella, y de nuestra larga búsqueda, y de nuestro túnel, y de nuestra fuga del Palacio de Detención Correccional. Ni una mano se movió en aquel salón, mientras ha-

wires to the box, and they all bent forward and sat still, watching. And we stood still, our eyes upon the wire. And slowly, slowly as a flush of blood, a red flame trembled in the wire. Then the wire glowed.

But terror struck the men of the Council. They leapt to their feet, they ran from the table, and they stood pressed against the wall, huddled together, seeking the warmth of one another's bodies to give them courage.

We looked upon them and we laughed and said:

"Fear nothing, our brothers. There is a great power in these wires, but this power is tamed. It is yours. We give it to you."

Still they would not move.

"We give you the power of the sky!" we cried. "We give you the key to the earth! Take it, and let us be one of you, the humblest among you. Let us all work together, and harness this power, and make it ease the toil of men. Let us throw away our candles and our torches. Let us flood our cities with light. Let us bring a new light to men!"

But they looked upon us, and suddenly we were afraid. For their eyes were still, and small, and evil.

"Our brothers!" we cried. "Have you nothing to say to us?"

Then Collective 0-0009 moved forward. They moved to the table and the others followed.

"Yes," spoke Collective 0-0009, "we have much to say to you."

The sound of their voices brought silence to the hall and to beat of our heart.

"Yes," said Collective 0-0009, "we have much to say to a wretch who have broken all the laws and who boast of their infamy!

"How dared you think that your mind held greater wisdom

blábamos, ni tampoco ningún ojo. Luego conectamos los cables a la caja, y todos se inclinaron hacia delante y se quedaron sentados sin moverse, observando. Y nosotros nos quedamos quietos, nuestros ojos sobre el alambre. Y lentamente, lentamente como un flujo de sangre, una llama roja palpitó en el alambre. Entonces el alambre resplandeció.

Pero el terror sacudió a los hombres del Consejo. Se levantaron de un salto, huyeron de la mesa, y se quedaron de pie apretados contra la pared, apiñados juntos, buscando unos el calor de los cuerpos de los otros para que les dieran valor.

Les miramos y nos reímos y dijimos:

«No temáis nada, hermanos nuestros. Hay un gran poder en estos cables, pero este poder está domesticado. Es vuestro. Nosotros os lo entregamos.»

Ellos siguieron sin moverse.

«¡Os entregamos el poder del cielo!», gritamos. «¡Os entregamos la llave de la tierra! Tomadla, y dejadnos ser uno de vosotros, el más humilde entre vosotros. Dejadnos trabajar todos juntos, y dominar este poder, y hacer que alivie el trabajo de los hombres. Dejad que desterremos nuestras velas y nuestras antorchas. Dejadnos inundar nuestras ciudades de luz. ¡Dejadnos traer una nueva luz a los hombres!"

Pero ellos nos miraron, y de pronto tuvimos miedo. Pues sus ojos eran quedos, y pequeños, y malvados.

«¡Hermanos nuestros!», gritamos. «¿No tenéis nada que decirnos?»

Entonces Colectivo 0-0009 se movieron hacia adelante. Volvieron a la mesa y los otros les siguieron.

«Sí», hablaron Colectivo 0-0009, «tenemos mucho que deciros.»

El sonido de sus voces trajo el silencio a la sala y al latido de nuestro corazón.

«Sí», dijeron Colectivo 0-0009, «¡tenemos mucho que decir a un miserable que han roto todas las leyes y que se jactan de su infamia!»

«¿Cómo os atrevéis a pensar que vuestra mente alberga ma-

than the minds of your brothers? And if the Councils had decreed that you should be a Street Sweeper, how dared you think that you could be of greater use to men than in sweeping the streets?"

"How dared you, gutter cleaner," spoke Fraternity 9-3452, "to hold yourself as one alone and with the thoughts of the one and not of the many?"

"You shall be burned at the stake," said Democracy 4-6998.

"No, they shall be lashed," said Unanimity 7-3304, "till there is nothing left under the lashes."

"No," said Collective 0-0009, "we cannot decide upon this, our brothers. No such crime has ever been committed, and it is not for us to judge. Nor for any small Council. We shall deliver this creature to the World Council itself and let their will be done."

We looked upon them and we pleaded:

"Our brothers! You are right. Let the will of the Council be done upon our body. We do not care. But the light? What will you do with the light?"

Collective 0-0009 looked upon us, and they smiled.

"So you think that you have found a new power," said Collective 0-0009. "Do all your brothers think that?"

"No," we answered.

"What is not thought by all men cannot be true," said Collective 0-0009.

"You have worked on this alone?" asked International 1-5537.

"Yes," we answered.

"What is not done collectively cannot be good," said International 1-5537.

"Many men in the Homes of the Scholars have had strange new ideas in the past," said Solidarity 8-1164, "but when the majority of their brother Scholars voted against them, they abandoned their ideas, as all men must."

yor sabiduría que las mentes de vuestros hermanos? Y si los Consejos habían decretado que vosotros debíais ser un Barrendero, ¿cómo os atrevisteis a pensar que podríais ser de mayor utilidad a los hombres que barriendo las calles?»

«¿Cómo os atrevéis, limpiador de cunetas», habló Fraternidad 9-3452, «a reivindicaros vosotros mismos como uno solo y con los pensamientos de uno y no de los muchos?"

«Deberíais ser quemado en la estaca», dijeron Democracia 4-6998.

«No, deberían azotarlos», dijeron Unanimidad 7-3304, «hasta que no quede nada bajo los látigos.»

«No», dijeron Colectivo 0-0009, «no podemos decidir sobre esto, hermanos nuestros. Ningún crimen como éste ha sido jamás cometido, y no nos corresponde a nosotros juzgar. Ni tampoco a ningún Consejo pequeño. Deberíamos entregar esta criatura al propio Consejo Mundial y dejar que se haga su voluntad.»

Les miramos y suplicamos:

«¡Hermanos nuestros! Tenéis razón. Dejad que se haga la voluntad del Consejo sobre nuestro cuerpo. No nos importa. ¿Pero la luz? ¿Qué haréis con la luz?»

Colectivo 0-0009 nos miraron, y sonrieron.

«Así que pensáis que habéis encontrado un nuevo poder», dijeron Colectivo 0-0009. «¿Piensan eso todos tus hermanos?»

«No», respondimos.

«Lo que no es pensado por todos los hombres no puede ser verdad», dijeron Colectivo 0-0009.

«¿Habéis trabajado en esto solo?», preguntaron Internacional 1-5537.

«Sí», respondimos.

«Lo que no es hecho colectivamente no puede ser bueno», dijeron Internacional 1-5537.

«Muchos hombres en la Casa de los Eruditos tuvieron extrañas nuevas ideas en el pasado», dijeron Solidaridad 8-1164, «pero cuando la mayoría de sus hermanos votaron contra ellas, abandonaron sus ideas, como deben hacer todos los hombres.»

"This box is useless," said Alliance 6-7349.

"Should it be what they claim of it," said Harmony 9-3642, "then it would bring ruin to the Department of Candles. The Candle is a great boon to mankind, as approved by all men. Therefore it cannot be destroyed by the whim of one."

"This would wreck the Plans of the World Council," said Unanimity 2-9913, "and without the Plans of the World Council the sun cannot rise. It took fifty years to secure the approval of all the Councils for the Candle, and to decide upon the number needed, and to re-fit the Plans so as to make candles instead of torches. This touched upon thousands and thousands of men working in scores of States. We cannot alter the Plans again so soon."

"And if this should lighten the toil of men," said Similarity 5-0306, "then it is a great evil, for men have no cause to exist save in toiling for other men."

Then Collective 0-0009 rose and pointed at our box.

"This thing," they said, "must be destroyed."

And all the others cried as one:

"It must be destroyed!"

Then we leapt to the table.

We seized our box, we shoved them aside, and we ran to the window. We turned and we looked at them for the last time, and a rage, such as it is not fit for humans to know, choked our voice in our throat.

"You fools!" we cried. "You fools! You thrice-damned fools!"

We swung our fist through the windowpane, and we leapt out in a ringing rain of glass.

We fell, but we never let the box fall from our hands. Then we ran. We ran blindly, and men and houses streaked past us in a torrent without shape. And the road seemed not to be flat before us, but as if it were leaping up to meet us, and we waited for the earth to rise and strike us in the face. But we ran.

«Esta caja es inútil», dijeron Alianza 6-7349.

«Si fuera lo que ellos afirman de ella», dijeron Armonía 9-3642, «entonces traería la ruina al Departamento de Velas. La Vela es un gran bien para la humanidad, tal y como fue aprobado por todos los hombres. Por tanto no puede ser destruida por el capricho de uno.»

«Esto arruinaría los Planes del Consejo Mundial», dijeron Unanimidad 2-9913, «y sin los Planes del Consejo Mundial el sol no puede salir. Llevó cincuenta años asegurar la aprobación de todos los Consejos para la Vela, y para decidir sobre el número necesario, y para reajustar los Planes para hacer velas en lugar de antorchas. Esto se acordó entre miles y miles de hombres trabajando en multitud de Estados. No podemos volver a alterar los Planes tan pronto.»

«Y si esto aligerara el trabajo de los hombres», dijeron Similitud 5-0306, «entonces es un gran mal, pues los hombres no tienen más causa para existir que trabajar para otros hombres.»

Entonces Colectivo 0-0009 se levantaron y señalaron nuestra caja.

«Esta cosa», dijeron, «debe ser destruida.»

Y todos los demás gritaron como uno:

«¡Debe ser destruida!»

Entonces saltamos sobre la mesa.

Nos hicimos con nuestra caja, les empujamos a un lado, y corrimos hacia la ventana. Nos giramos y les miramos por última vez, y una ira, de una clase que no corresponde a los hombres conocer, ahogó nuestra voz en nuestra garganta.

«¡Necios!», gritamos. «¡Necios! ¡Malditos necios!»

Atravesamos el cristal de la ventana con nuestro puño, y saltamos fuera entre una sonora lluvia de cristal.

Nos caímos, pero en ningún momento dejamos que la caja se cayera de nuestras manos. Después corrimos. Corrimos ciegamente, y los hombres y las casas pasaban rápidamente a nuestro lado en un torrente sin forma. Y la carretera parecía no ser plana ante nosotros, sino como si estuviera saltando a nuestro encuentro, y esperábamos que la tierra se levantara y

We knew not where we were going. We knew only that we must run, run to the end of the world, to the end of our days.

Then we knew suddenly that we were lying on a soft earth and that we had stopped. Trees taller than we had ever seen before stood over us in great silence. Then we knew. We were in the Uncharted Forest. We had not thought of coming here, but our legs had carried our wisdom, and our legs had brought us to the Uncharted Forest against our will.

Our glass box lay beside us. We crawled to it, we fell upon it, our face in our arms, and we lay still.

We lay thus for a long time. Then we rose, we took our box and walked on into the forest.

It mattered not where we went. We knew that men would not follow us, for they never enter the Uncharted Forest. We had nothing to fear from them. The forest disposes of its own victims. This gave us no fear either. Only we wished to be away, away from the City and from the air that touches upon the air of the City. So we walked on, our box in our arms, our heart empty.

We are doomed. Whatever days are left to us, we shall spend them alone. And we have heard of the corruption to be found in solitude. We have torn ourselves from the truth which is our brother men, and there is no road back for us, and no redemption.

We know these things, but we do not care. We care for nothing on earth. We are tired.

Only the glass box in our arms is like a living heart that gives us strength. We have lied to ourselves. We have not built this box for the good of our brothers. We built it for its own sake.

nos golpeara en la cara. Pero corrimos. No sabíamos adónde íbamos. Solo sabíamos que debíamos correr, correr hasta el fin del mundo, hasta el fin de nuestros días.

Entonces nos dimos cuenta de pronto de que estábamos tendidos sobre una tierra blanda y que habíamos parado. Árboles más altos de los que nunca antes habíamos visto se alzaban sobre nosotros en gran silencio. Entonces comprendimos. Estábamos en el Bosque Inexplorado. No teníamos ninguna idea de venir aquí, pero nuestras piernas habían sido portadoras de nuestra sabiduría, y nuestras piernas nos habían traído al Bosque Inexplorado contra nuestra voluntad.

Nuestra caja de vidrio estaba tendida junto a nosotros. Nos arrastramos hasta ella, nos dejamos caer sobre ella, nuestra cara en nuestros brazos, y nos quedamos tendidos.

Así estuvimos tumbados un buen rato. Luego nos levantamos, cogimos nuestra caja y seguimos caminando hacia el interior del bosque.

No importaba a dónde fuéramos. Sabíamos que los hombres no nos seguirían, pues ellos nunca entran en el Bosque Inexplorado. No tenemos nada que temer de ellos. El bosque se encarga de sus propias víctimas. Eso tampoco nos infundía ningún miedo. Solamente deseábamos estar lejos, lejos de la Ciudad y del aire en contacto con el aire de la Ciudad. Así que seguimos caminando, nuestra caja en nuestros brazos, nuestro corazón vacío.

Estamos condenados. Sean los que sean los días que nos restan, los pasaremos solos. Y hemos oído acerca de la corrupción que se encuentra en la soledad. Nos hemos arrancado a nosotros mismos de la verdad que son nuestros hermanos hombres, y no existe ningún camino de vuelta para nosotros, y ninguna redención.

Sabemos estas cosas, pero no nos importan. No nos importa nada en la tierra. Estamos cansados.

Solo la caja de vidrio en nuestros brazos es como un corazón viviente que nos da fuerza. Nos hemos mentido a nosotros mismos. No hemos construido esta caja para el bien de nuestros

It is above all our brothers to us, and its truth above their truth. Why wonder about this? We have not many days to live. We are walking to the fangs awaiting us somewhere among the great, silent trees. There is not a thing behind us to regret.

Then a blow of pain struck us, our first and our only. We thought of the Golden One. We thought of the Golden One whom we shall never see again. Then the pain passed. It is best. We are one of the Damned. It is best if the Golden One forget our name and the body which bore that name.

hermanos. La construimos por ella misma. Para nosotros ella está por encima de todos nuestros hermanos, y su verdad por encima de la suya. ¿Por qué asombrarse por esto? No contamos con muchos días de vida. Estamos caminando hacia los colmillos que nos están esperando en alguna parte entre los magníficos, silenciosos árboles. No hay una sola cosa a nuestra espalda de la que arrepentirse.

Entonces un golpe de dolor nos sacudió, nuestro primero y nuestro único. Pensamos en La Dorada. Pensamos en La Dorada a quienes no volveríamos a ver. Luego el dolor pasó. Es lo mejor. Somos uno de los Malditos. Es lo mejor si La Dorada olvidan nuestro nombre y el cuerpo que llevaba ese nombre.

PART EIGHT

It has been a day of wonder, this, our first day in the forest.

We awoke when a ray of sunlight fell across our face. We wanted to leap to our feet, as we have had to leap every morning of our life, but we remembered suddenly that no bell had rung and that there was no bell to ring anywhere. We lay on our back, we threw our arms out, and we looked up at the sky. The leaves had edges of silver that trembled and rippled like a river of green and fire flowing high above us.

We did not wish to move. We thought suddenly that we could lie thus as long as we wished, and we laughed aloud at the thought. We could also rise, or run, or leap, or fall down again. We were thinking that these were thoughts without sense, but before we knew it our body had risen in one leap. Our arms stretched out of their own will, and our body whirled and whirled, till it raised a wind to rustle through the leaves of

OCTAVA PARTE

Ha sido un día de asombro, este, nuestro primer día en el bosque.

Nos levantamos cuando un rayo de luz del sol cayó sobre nuestro rostro. Quisimos ponernos de pie de un salto, como habíamos tenido que saltar cada mañana de nuestra vida, pero de pronto recordamos que ninguna campana había sonado y que no había ninguna campana que fuera a sonar en ninguna parte. Nos tumbamos boca arriba, lanzamos nuestros brazos hacia fuera, y miramos a lo alto hacia el cielo. Las hojas tenían filos de plata que temblaban y ondeaban como un río de verde y fuego fluyendo en lo alto sobre nosotros.

No deseábamos movernos. Pensamos de pronto que podíamos estar así tumbado tanto como deseáramos, y nos reímos a carcajadas de la idea. También podíamos levantarnos, o correr, o saltar, o caer de nuevo. Estábamos pensando que éstos eran pensamientos sin sentido, pero antes de que nos diéramos cuenta nuestro cuerpo se había levantado de un salto. Nuestros brazos se extendieron por su propia voluntad, y nuestro cuerpo dio vueltas y más vueltas, hasta que levantó un viento que sonó

the bushes. Then our hands seized a branch and swung us high into a tree, with no aim save the wonder of learning the strength of our body. The branch snapped under us and we fell upon the moss that was soft as a cushion. Then our body, losing all sense, rolled over and over on the moss, dry leaves in our tunic, in our hair, in our face. And we heard suddenly that we were laughing, laughing aloud, laughing as if there were no power left in us save laughter.

Then we took our glass box, and we went on into the forest. We went on, cutting through the branches, and it was as if we were swimming through a sea of leaves, with the bushes as waves rising and falling and rising around us, and flinging their green sprays high to the treetops. The trees parted before us, calling us forward. The forest seemed to welcome us. We went on, without thought, without care, with nothing to feel save the song of our body.

We stopped when we felt hunger. We saw birds in the tree branches, and flying from under our footsteps. We picked a stone and we sent it as an arrow at a bird. It fell before us. We made a fire, we cooked the bird, and we ate it, and no meal had ever tasted better to us. And we thought suddenly that there was a great satisfaction to be found in the food which we need and obtain by our own hand. And we wished to be hungry again and soon, that we might know again this strange new pride in eating.

Then we walked on. And we came to a stream which lay as a streak of glass among the trees. It lay so still that we saw no water but only a cut in the earth, in which the trees grew down, upturned, and the sky lay at the bottom. We knelt by the stream and we bent down to drink. And then we stopped. For,

a través de las hojas de los arbustos. Entonces nuestras manos agarraron una rama y nos balancearon a lo alto de un árbol, sin más propósito que el prodigio de comprobar la fuerza de nuestro cuerpo. La rama se quebró bajo nosotros y nos caímos sobre el musgo que estaba blando como un cojín. Luego nuestro cuerpo, perdiendo todo el sentido, rodó y rodó sobre el musgo, hojas secas en nuestra túnica, en nuestro pelo, en nuestra cara. Y oímos de pronto que estábamos riéndonos, riéndonos a carcajadas, riéndonos como si no quedara más energía en nosotros que la risa.

Luego cogimos nuestra caja de vidrio, y seguimos adentrándonos en el bosque. Continuamos, abriéndonos paso entre las ramas, y era como si estuviéramos nadando en un mar de hojas, con los arbustos como olas ascendiendo y descendiendo y ascendiendo a nuestro alrededor, y lanzando su verde rocío hacia lo alto de las copas de los árboles. Los árboles se apartaban ante nosotros, invitándonos a seguir adelante. El bosque parecía darnos la bienvenida. Seguimos adelante, sin deliberación, sin inquietud, sin nada que sentir salvo el canto de nuestro cuerpo.

Nos detuvimos cuando nos sentimos hambriento. Vimos pájaros en las ramas de los árboles, y volando desde debajo de nuestras huellas. Cogimos una piedra y la lanzamos como una flecha hacia un pájaro. Cayó ante nosotros. Hicimos un fuego, cocinamos el pájaro, y nos lo comimos, y jamás ninguna comida nos había sabido mejor. Y de repente pensamos que había una gran satisfacción por descubrir en la comida que necesitamos y obtenemos por nuestra propia mano. Y deseamos volver a estar hambriento pronto, para así poder conocer otra vez este extraño nuevo orgullo de comer.

Luego seguimos caminando. Y llegamos hasta un riachuelo que se extendía como una veta de cristal entre los árboles. Estaba tan en calma que no vimos agua sino solo una hendidura en la tierra, en la que los árboles crecían hacia abajo, dados la vuelta, y el cielo yacía en el fondo. Nos arrodillamos en el riachuelo y nos inclinamos a beber. Y entonces nos detuvimos.

upon the blue of the sky below us, we saw our own face for the first time.

We sat still and we held our breath. For our face and our body were beautiful. Our face was not like the faces of our brothers, for we felt not pity when looking upon it. Our body was not like the bodies of our brothers, for our limbs were straight and thin and hard and strong. And we thought that we could trust this being who looked upon us from the stream, and that we had nothing to fear with this being.

We walked on till the sun had set. When the shadows gathered among the trees, we stopped in a hollow between the roots, where we shall sleep tonight. And suddenly, for the first time this day, we remembered that we are the Damned. We remembered it, and we laughed.

We are writing this on the paper we had hidden in our tunic together with the written pages we had brought for the World Council of Scholars, but never given to them. We have much to speak of to ourselves, and we hope we shall find the words for it in the days to come. Now, we cannot speak, for we cannot understand.

Pues, sobre el azul del cielo bajo nosotros, vimos nuestro propio rostro por primera vez.

Nos quedamos sentado y contuvimos la respiración. Pues nuestra cara y nuestro cuerpo eran hermosos. Nuestro rostro no era como el rostro de nuestros hermanos, pues no sentíamos lástima al mirarlo. Nuestro cuerpo no era como los cuerpos de nuestros hermanos, pues nuestros miembros eran firmes y delgados y duros y fuertes. Y pensamos que podíamos confiar en este ser que nos miraba desde el riachuelo, y que no teníamos nada que temer con este ser.

Seguimos caminando hasta que el sol se puso. Cuando las sombras se agruparon entre los árboles, nos detuvimos en un hueco entre las raíces, en el que dormiremos esta noche. Y de pronto, por primera vez en este día, recordamos que estamos Maldito. Lo recordamos, y nos reímos.

Estamos escribiendo esto en el papel que habíamos escondido en nuestra túnica junto con las páginas escritas que habíamos llevado para el Consejo Mundial de Eruditos, pero que nunca les entregamos. Tenemos mucho que decirnos a nosotros mismos, y esperamos encontrar las palabras para ello en los días que están por venir. Ahora, no podemos hablar, pues no podemos entender.

PART NINE

We have not written for many days. We did not wish to speak. For we needed no words to remember that which has happened to us.

It was on our second day in the forest that we heard steps behind us. We hid in the bushes, and we waited. The steps came closer. And then we saw the fold of a white tunic among the trees, and a gleam of gold.

We leapt forward, we ran to them, and we stood looking upon the Golden One.

They saw us, and their hands closed into fists, and the fists pulled their arms down, as if they wished their arms to hold them, while their body swayed. And they could not speak.

We dared not come too close to them. We asked, and our voice trembled:

"How did you come to be here, Golden One?"

But they whispered only:

"We have found you...."

"How did you come to be in the forest?" we asked.

NOVENA PARTE

No hemos escrito en varios días. No deseábamos hablar. Pues no necesitábamos palabras para recordar lo que nos había sucedido.

Fue en nuestro segundo día en el bosque cuando oímos pasos detrás de nosotros. Nos ocultamos entre los arbustos, y esperamos. Los pasos se acercaron. Y entonces vimos el pliegue de una túnica blanca entre los árboles, y un destello de oro.

Saltamos hacia adelante, corrimos hacia ellas, y nos quedamos inmóviles mirando a La Dorada.

Ellas nos vieron, y sus manos se cerraron en puños, y los puños tiraron de sus brazos hacia abajo, como si desearan que sus brazos las sujetaran, mientras su cuerpo se tambaleaba. Y ellas no pudieron hablar.

No nos atrevimos a acercarnos demasiado a ellas. Preguntamos, y nuestra voz temblaba:

«¿Cómo habéis llegado hasta aquí, Dorada?»

Pero ellas susurraron únicamente:

«Os hemos encontrado…»

«¿Cómo habéis llegado hasta el bosque?», preguntamos.

They raised their head, and there was a great pride in their voice; they answered:

"We have followed you."

Then we could not speak, and they said:

"We heard that you had gone to the Uncharted Forest, for the whole City is speaking of it. So on the night of the day when we heard it, we ran away from the Home of the Peasants. We found the marks of your feet across the plain where no men walk. So we followed them, and we went into the forest, and we followed the path where the branches were broken by your body."

Their white tunic was torn, and the branches had cut the skin of their arms, but they spoke as if they had never taken notice of it, nor of weariness, nor of fear.

"We have followed you," they said, "and we shall follow you wherever you go. If danger threatens you, we shall face it also. If it be death, we shall die with you. You are damned, and we wish to share your damnation."

They looked upon us, and their voice was low, but there was bitterness and triumph in their voice.

"Your eyes are as a flame, but our brothers have neither hope nor fire. Your mouth is cut of granite, but our brothers are soft and humble. Your head is high, but our brothers cringe. You walk, but our brothers crawl. We wish to be damned with you, rather than blessed with all our brothers. Do as you please with us, but do not send us away from you."

Then they knelt, and bowed their golden head before us.

We had never thought of that which we did. We bent to raise the Golden One to their feet, but when we touched them, it was as if madness had stricken us. We seized their body and we pressed our lips to theirs. The Golden One breathed once, and their breath was a moan, and then their arms closed

Ellas alzaron su cabeza, y había un gran orgullo en su voz; respondieron:

«Os hemos seguido.»

Entonces no pudimos hablar, y ellas dijeron:

«Oímos que os habíais marchado al Bosque Inexplorado, pues la Ciudad entera está hablando de ello. Así que la noche del día en que lo escuchamos, nos fugamos de la Casa de los Campesinos. Encontramos las huellas de vuestros pies a lo largo del llano en el que ningunos hombres caminan. Así que las seguimos, y entramos en el bosque, y seguimos el sendero en el que las ramas estaban rotas por vuestro cuerpo.»

Su túnica estaba desgarrada, y las ramas habían cortado la piel de sus brazos, pero hablaban como si nunca hubieran tomado conciencia de ello, ni tampoco del cansancio, ni del miedo.

«Os hemos seguido», dijeron, «y os seguiremos a dondequiera que vayáis. Si el peligro os amenaza, nosotras lo enfrentaremos también. Y si fuera la muerte, nosotras moriremos con vosotros. Vosotros estáis malditos, y nosotras deseamos compartir vuestra maldición.»

Nos miraron, y su voz era tenue, pero había amargura y triunfo en su voz:

«Vuestros ojos son como una llama, pero nuestros hermanos no tienen ni esperanza ni fuego. Vuestra boca está esculpida en granito, pero nuestros hermanos son blandos y humildes. Vuestra cabeza es altiva, pero nuestros hermanos se avergüenzan. Vosotros camináis, pero nuestros hermanos se arrastran. Deseamos ser malditas con vosotros, antes que bendecidas con todos nuestros hermanos. Haced lo que os plazca con nosotras, pero no nos alejéis de vosotros.»

Entonces se arrodillaron, e inclinaron su cabeza dorada ante nosotros.

Nunca habíamos pensado en lo que hicimos. Nos inclinamos a levantar a La Dorada, pero cuando las tocamos, fue como si la locura nos hubiera golpeado. Estrechamos su cuerpo y apretamos nuestros labios contra los suyos. La Dorada respiraron una vez, y su respiración fue un gemido, y entonces nos

around us.

We stood together for a long time. And we were frightened that we had lived for twenty-one years and had never known what joy is possible to men.

Then we said:

"Our dearest one. Fear nothing of the forest. There is no danger in solitude. We have no need of our brothers. Let us forget their good and our evil, let us forget all things save that we are together and that there is joy as a bond between us. Give us your hand. Look ahead. It is our own world, Golden One, a strange, unknown world, but our own."

Then we walked on into the forest, their hand in ours.

And that night we knew that to hold the body of women in our arms is neither ugly nor shameful, but the one ecstasy granted to the race of men.

We have walked for many days. The forest has no end, and we seek no end. But each day added to the chain of days between us and the City is like an added blessing.

We have made a bow and many arrows. We can kill more birds than we need for our food; we find water and fruit in the forest. At night, we choose a clearing, and we build a ring of fires around it. We sleep in the midst of that ring, and the beasts dare not attack us. We can see their eyes, green and yellow as coals, watching us from the tree branches beyond. The fires smoulder as a crown of jewels around us, and smoke stands still in the air, in columns made blue by the moonlight. We sleep together in the midst of the ring, the arms of the Golden One around us, their head upon our breast.

Some day, we shall stop and build a house, when we shall have gone far enough. But we do not have to hasten. The days before us are without end, like the forest.

aprisionaron entre sus brazos.

Nos quedamos juntos durante un largo rato. Y estábamos espantados de haber vivido veintiún años y no haber conocido nunca qué alegría es posible para los hombres.

Entonces dijimos:

«Nuestra querida. No temáis nada del bosque. No hay ningún peligro en la soledad. No tenemos ninguna necesidad de nuestros hermanos. Olvidemos su bien y nuestro mal, olvidemos todas las cosas salvo que estamos juntos y que hay alegría como un vínculo entre nosotros. Dadnos vuestra mano. Mirad hacia adelante. Este es nuestro propio mundo, Dorada, un extraño, desconocido mundo, pero nuestro.»

Luego seguimos caminando hacia el interior del bosque, su mano en la nuestra.

Y aquella noche supimos que sostener el cuerpo de mujeres entre nuestros brazos no es ni feo ni vergonzoso, sino el único éxtasis concedido a la raza de los hombres.

Hemos caminado durante muchos días. El bosque no tiene fin, y no buscamos ningún fin. Pero cada día que se suma a la sucesión de días entre nosotros y la Ciudad es como una bendición añadida.

Hemos hecho un arco y varias flechas. Podemos matar más pájaros de los que necesitamos para nuestra comida; encontramos agua y fruta en el bosque. Por la noche, elegimos un claro, y construimos un círculo de hogueras alrededor de él. Dormimos en el medio de ese círculo, y las bestias no se atreven a atacarnos. Podemos ver sus ojos, verdes y amarillos como carbones, observándonos desde las ramas de los árboles al otro lado. Las hogueras arden como una corona de joyas a nuestro alrededor, y el humo se queda inmóvil en el aire, en columnas que se vuelven azules a la luz de la luna. Dormimos juntos en el medio del círculo, los brazos de La Dorada alrededor de nosotros, su cabeza sobre nuestro pecho.

Algún día, tendremos que parar y construir una casa, cuando nos hayamos ido lo suficientemente lejos. Pero no tenemos que apresurarnos. Los días ante nosotros no tienen fin,

We cannot understand this new life which we have found, yet it seems so clear and so simple. When questions come to puzzle us, we walk faster, then turn and forget all things as we watch the Golden One following. The shadows of leaves fall upon their arms, as they spread the branches apart, but their shoulders are in the sun. The skin of their arms is like a blue mist, but their shoulders are white and glowing, as if the light fell not from above, but rose from under their skin. We watch the leaf which has fallen upon their shoulder, and it lies at the curve of their neck, and a drop of dew glistens upon it like a jewel. They approach us, and they stop, laughing, knowing what we think, and they wait obediently, without questions, till it pleases us to turn and go on.

We go on and we bless the earth under our feet. But questions come to us again, as we walk in silence. If that which we have found is the corruption of solitude, then what can men wish for save corruption? If this is the great evil of being alone, then what is good and what is evil?

Everything which comes from the many is good. Everything which comes from one is evil. This have we been taught with our first breath. We have broken the law, but we have never doubted it. Yet now, as we walk through the forest, we are learning to doubt.

There is no life for men, save in useful toil for the good of all their brothers. But we lived not, when we toiled for our brothers, we were only weary. There is no joy for men, save the joy shared with all their brothers. But the only things which taught us joy were the power we created in our wires, and the Golden One. And both these joys belong to us alone, they come from us alone, they bear no relation to all our brothers, and they do not concern our brothers in any way. Thus do we wonder.

como el bosque.

No podemos entender esta nueva vida que hemos encontrado, aunque parece muy clara y muy simple. Cuando las preguntas vienen a confundirnos, caminamos más rápido, luego nos giramos y olvidamos todas las cosas al mirar a La Dorada siguiéndonos. Las sombras de las hojas caen sobre sus brazos, a medida que apartan las ramas, pero sus hombros están al sol. La piel de sus brazos es como una neblina azul, pero sus hombros son blancos y resplandecientes, como si la luz no cayera desde arriba, sino que naciera de debajo de su piel. Observamos la hoja que ha caído sobre su hombro, y está posada en la curva de su cuello, y una gota de rocío reluce sobre él como una joya. Ellas se aproximan a nosotros, y se detienen, riendo, sabiendo lo que pensamos, y esperan obedientemente, sin preguntas, hasta que nos place girarnos y continuar.

Continuamos y bendecimos la tierra bajo nuestros pies. Pero las preguntas vienen de nuevo a nosotros, mientras caminamos en silencio. Si lo que hemos descubierto es la corrupción de la soledad, entonces ¿qué pueden los hombres desear salvo la corrupción? Si este es el gran mal de estar solos, entonces ¿qué es bueno y qué es malo?

Todo lo que viene de los muchos es bueno. Todo lo que viene de uno es malo. Esto nos fue enseñado con nuestro primer aliento. Hemos quebrantado la ley, pero nunca hemos la hemos cuestionado. Aunque ahora, mientras caminamos a través del bosque, estamos aprendiendo a cuestionar.

No hay ninguna vida para los hombres, salvo en el trabajo útil para el bien de todos sus hermanos. Pero nosotros no vivíamos, cuando trabajábamos para nuestros hermanos, solamente estábamos cansado. No hay ninguna alegría para los hombres, salvo la alegría compartida con todos sus hermanos. Pero las únicas cosas que nos infundieron alegría fueron el poder que creamos en nuestros alambres, y La Dorada. Y ambas alegrías nos pertenecen a nosotros solo, proceden de nosotros solo, no guardan ninguna relación con todos nuestros hermanos, y no conciernen a nuestros hermanos en modo al-

There is some error, one frightful error, in the thinking of men. What is that error? We do not know, but the knowledge struggles within us, struggles to be born. Today, the Golden One stopped suddenly and said:

"We love you."

But they frowned and shook their head and looked at us helplessly.

"No," they whispered, "that is not what we wished to say."

They were silent, then they spoke slowly, and their words were halting, like the words of a child learning to speak for the first time:

"We are one... alone... and only... and we love you who are one... alone... and only."

We looked into each other's eyes and we knew that the breath of a miracle had touched us, and fled, and left us groping vainly.

And we felt torn, torn for some word we could not find.

guno. Por eso nos preguntamos.

Hay un error, un error espantoso, en el pensamiento de los hombres. ¿Cuál es ese error? No lo sabemos, pero el conocimiento lucha en nuestro interior, lucha por nacer. Hoy, La Dorada se detuvieron de pronto y dijeron:

«Nosotras os amamos.»

Pero ellas fruncieron el ceño y sacudieron la cabeza y nos miraron con impotencia.

«No», susurraron, «no era eso lo que deseábamos decir.»

Se quedaron en silencio, luego hablaron lentamente, y sus palabras eran entrecortadas, como las palabras de un niño aprendiendo a hablar por primera vez:

«Nosotras somos una... sola... y única... y os amamos a vosotros que sois uno... solo... y único».

Nos miramos mutuamente a los ojos y supimos que el aliento de un milagro nos había tocado, y huyó, y nos dejó tanteando a ciegas en vano.

Y nos sentimos apesadumbrados, apesadumbrados por una palabra que no pudimos encontrar.

PART TEN

We are sitting at a table and we are writing this upon paper made thousands of years ago. The light is dim, and we cannot see the Golden One, only one lock of gold on the pillow of an ancient bed. This is our home.

We came upon it today, at sunrise. For many days we had been crossing a chain of mountains. The forest rose among cliffs, and whenever we walked out upon a barren stretch of rock we saw great peaks before us in the west, and to the north of us, and to the south, as far as our eyes could see. The peaks were red and brown, with the green streaks of forests as veins upon them, with blue mists as veils over their heads. We had never heard of these mountains, nor seen them marked on any map. The Uncharted Forest has protected them from the Cities and from the men of the Cities.

We climbed paths where the wild goat dared not follow. Stones rolled from under our feet, and we heard them striking the rocks below, farther and farther down, and the mountains rang with each stroke, and long after the strokes had died. But

DÉCIMA PARTE

Estamos sentados a una mesa y estamos escribiendo esto sobre papel hecho hace miles de años. La luz es tenue, y no podemos ver a La Dorada, solamente un mechón de oro sobre la almohada de una cama antigua. Este es nuestro hogar.

Llegamos aquí hoy, al amanecer. Durante muchos días estuvimos cruzando una cadena de montañas. El bosque ascendía entre los riscos, y cada vez que remontábamos una yerma extensión de roca veíamos grandes cimas ante nosotros en el oeste, y hacia el norte, y hacia el sur, hasta donde nuestros ojos alcanzaban a ver. Las cimas eran rojas y marrones, con las franjas verdes de bosques como venas sobre ellas, con neblinas azules como velos sobre sus cabezas. Nunca habíamos oído hablar acerca de estas montañas, ni tampoco las habíamos visto señaladas en ningún mapa. El Bosque Inexplorado las ha protegido de las Ciudades y de los hombres de las Ciudades.

Escalamos senderos que la cabra salvaje no se atrevería a seguir. Las piedras rodaban bajo nuestros pies, y las oíamos golpeando las rocas más abajo, más y más lejos, y las montañas resonaban a cada golpe, y mucho después de haber cesado los

we went on, for we knew that no men would ever follow our track nor reach us here.

Then today, at sunrise, we saw a white flame among the trees, high on a sheer peak before us. We thought that it was a fire and stopped. But the flame was unmoving, yet blinding as liquid metal. So we climbed toward it through the rocks. And there, before us, on a broad summit, with the mountains rising behind it, stood a house such as we had never seen, and the white fire came from the sun on the glass of its windows.

The house had two stories and a strange roof flat as a floor. There was more window than wall upon its walls, and the windows went on straight around the corners, though how this kept the house standing we could not guess. The walls were hard and smooth, of that stone unlike stone which we had seen in our tunnel.

We both knew it without words: this house was left from the Unmentionable Times. The trees had protected it from time and weather, and from men who have less pity than time and weather. We turned to the Golden One and we asked:

"Are you afraid?"

But they shook their head. So we walked to the door, and we threw it open, and we stepped together into the house of the Unmentionable Times.

We shall need the days and the years ahead, to look, to learn, and to understand the things of this house. Today, we could only look and try to believe the sight of our eyes. We pulled the heavy curtains from the windows and we saw that the rooms were small, and we thought that not more than twelve men could have lived here. We thought it strange that men had been permitted to build a house for only twelve.

Never had we seen rooms so full of light. The sunrays danced upon colors, colors, more colors than we thought pos-

golpes. Pero seguimos avanzando, pues sabíamos que ningunos hombres seguirían jamás nuestro rastro ni nos alcanzarían aquí.

Entonces hoy, al amanecer, vimos una llama blanca entre los árboles, en lo alto de una escarpada cima ante nosotros. Nos pareció que era un fuego y nos detuvimos. Pero la llama estaba inmóvil, aunque cegadora como metal líquido. Así que escalamos hacia ella a través de las rocas. Y allí, ante nosotros, en una amplia cumbre, con las montañas elevándose por detrás, se alzaba una casa como nunca habíamos visto, y el fuego blanco provenía del sol sobre el cristal de sus ventanas.

La casa tenía dos plantas y un extraño tejado plano como un suelo. Había más ventana que muro en sus paredes, y las ventanas continuaban a lo largo de las esquinas, pese a que no podíamos adivinar cómo eso mantenía la casa en pie. Las paredes eran duras y lisas, de esa piedra que no parece piedra que habíamos visto en nuestro túnel.

Ambos lo comprendimos sin palabras: esta casa estaba abandonada desde los Tiempos Innombrables. Los árboles la habían protegido del tiempo y del clima, y de los hombres que tienen menos compasión que el tiempo y el clima. Nos volvimos hacia La Dorada y preguntamos:

«¿Estáis asustada?»

Pero ellas sacudieron su cabeza. Así que caminamos hasta la puerta, y la dejamos abierta, y entramos juntos en la casa de los Tiempos Innombrables.

Necesitaremos los días y los años por delante, para mirar, para aprender, y para entender los objetos de esta casa. Hoy, solo pudimos mirar y tratar de creer lo que veían nuestros ojos. Retiramos las pesadas cortinas de las ventanas y vimos que las habitaciones eran pequeñas, y pensamos que no más de doce hombres podrían haber vivido aquí. Nos pareció extraño que los hombres hubieran sido autorizados a construir una casa solo para doce.

Nunca habíamos visto habitaciones tan llenas de luz. Los rayos del sol danzaban sobre colores, colores, más colores de

sible, we who had seen no houses save the white ones, the brown ones and the grey. There were great pieces of glass on the walls, but it was not glass, for when we looked upon it we saw our own bodies and all the things behind us, as on the face of a lake. There were strange things which we had never seen and the use of which we do not know. And there were globes of glass everywhere, in each room, the globes with the metal cobwebs inside, such as we had seen in our tunnel.

We found the sleeping hall and we stood in awe upon its threshold. For it was a small room and there were only two beds in it. We found no other beds in the house, and then we knew that only two had lived here, and this passes understanding. What kind of world did they have, the men of the Unmentionable Times?

We found garments, and the Golden One gasped at the sight of them. For they were not white tunics, nor white togas; they were of all colors, no two of them alike. Some crumbled to dust as we touched them. But others were of heavier cloth, and they felt soft and new in our fingers.

We found a room with walls made of shelves, which held rows of manuscripts, from the floor to the ceiling. Never had we seen such a number of them, nor of such strange shape. They were not soft and rolled, they had hard shells of cloth and leather; and the letters on their pages were so small and so even that we wondered at the men who had such handwriting. We glanced through the pages, and we saw that they were written in our language, but we found many words which we could not understand. Tomorrow, we shall begin to read these scripts.

When we had seen all the rooms of the house, we looked at the Golden One and we both knew the thought in our minds.

"We shall never leave this house," we said, "nor let it be taken from us. This is our home and the end of our journey. This is your house, Golden One, and ours, and it belongs to no

los que creíamos posibles, nosotros que no habíamos más casas que las blancas, las marrones y las grises. Había grandes piezas de cristal en las paredes, pero no era cristal, pues cuando miramos en ellas vimos nuestros propios cuerpos y todas las cosas detrás de nosotros, como en la superficie de un lago. Había objetos extraños que nunca habíamos visto y cuya utilidad no conocíamos. Y había esferas de cristal por todas partes, en cada habitación, las esferas con las telarañas de metal dentro, igual que habíamos visto en nuestro túnel.

Encontramos la sala de dormir y nos quedamos sobrecogidos en el umbral. Pues era una habitación pequeña y solo había dos camas en ella. No encontramos ninguna otra cama en la casa, y entonces comprendimos que solo dos habían vivido aquí, y esto excede el entendimiento. ¿Qué clase de mundo tenían, los hombres de los Tiempos Innombrables?

Encontramos prendas de vestir, y La Dorada sollozaron al verlas. Pues no eran túnicas blancas, ni togas blancas; eran de todos los colores, no había dos iguales. Algunas se deshicieron en polvo cuando las tocamos. Pero otras eran de tela más gruesa, y se notaban suaves y nuevas en nuestros dedos.

Encontramos una habitación con paredes hechas de estanterías, que albergaban hileras de manuscritos, desde el suelo hasta el techo. Nuca habíamos visto tal cantidad de ellos, ni tampoco de esa forma extraña. No eran blandos y enrollados, tenían cubiertas duras de tela y piel; y las letras en sus páginas eran tan pequeñas y tan regulares que nos admiramos de los hombres que tenían tal escritura. Echamos un vistazo entre las páginas, y vimos que estaban escritas en nuestro idioma, pero encontramos muchas palabras que no pudimos entender. Mañana, empezaremos a leer estos textos.

Cuando habíamos visto todas las habitaciones de la casa, miramos a La Dorada y ambos comprendimos el pensamiento en nuestras mentes.

«Nunca abandonaremos esta casa», dijimos, «ni dejaremos que nos la quiten. Este es nuestro hogar y el final de nuestro viaje. Esta es vuestra casa, Dorada, y la nuestra, y no pertenece

other men whatever as far as the earth may stretch. We shall not share it with others, as we share not our joy with them, nor our love, nor our hunger. So be it to the end of our days."

"Your will be done," they said.

Then we went out to gather wood for the great hearth of our home. We brought water from the stream which runs among the trees under our windows. We killed a mountain goat, and we brought its flesh to be cooked in a strange copper pot we found in a place of wonders, which must have been the cooking room of the house.

We did this work alone, for no words of ours could take the Golden One away from the big glass which is not glass. They stood before it and they looked and looked upon their own body.

When the sun sank beyond the mountains, the Golden One fell asleep on the floor, amidst jewels, and bottles of crystal, and flowers of silk. We lifted the Golden One in our arms and we carried them to a bed, their head falling softly upon our shoulder. Then we lit a candle, and we brought paper from the room of the manuscripts, and we sat by the window, for we knew that we could not sleep tonight.

And now we look upon the earth and sky. This spread of naked rock and peaks and moonlight is like a world ready to be born, a world that waits. It seems to us it asks a sign from us, a spark, a first commandment. We cannot know what word we are to give, nor what great deed this earth expects to witness. We know it waits. It seems to say it has great gifts to lay before us, but it wishes a greater gift for us. We are to speak. We are to give its goal, its highest meaning to all this glowing space of rock and sky.

We look ahead, we beg our heart for guidance in answering this call no voice has spoken, yet we have heard. We look upon

a ningunos otros hombres sea cual sea la extensión que pueda alcanzar la tierra. No la compartiremos con otros, igual que no compartiremos nuestra alegría con ellos, ni nuestro amor, ni nuestra hambre. Que así sea hasta el fin de nuestros días.»

«Hágase vuestra voluntad», dijeron ellas.

Luego salimos a recoger leña para la gran chimenea de nuestro hogar. Trajimos agua del riachuelo que corre entre los árboles bajo nuestras ventanas. Matamos una cabra montesa, y trajimos su carne para cocinarla en un extraño puchero de cobre que encontramos en un lugar de portentos, que debe de haber sido la cocina de la casa.

Hicimos este trabajo solo, pues ninguna palabra nuestra pudo apartar a La Dorada del gran cristal que no es cristal. Ellas se quedaron delante de él y miraron y miraron su propio cuerpo.

Cuando el sol se puso al otro lado de las montañas, La Dorada se quedaron dormida en el suelo, entre joyas, y botellas de cristal, y flores de seda. Levantamos a La Dorada entre nuestros brazos y las llevamos a una cama, su cabeza cayendo suavemente sobre nuestro hombro. Luego encendimos una vela, y trajimos papel del cuarto de los manuscritos, y nos sentamos junto a la ventana, pues sabíamos que no podríamos dormir esta noche.

Y ahora contemplamos la tierra y el cielo. Esta extensión de roca desnuda y riscos y luz de luna es como un mundo listo para nacer, un mundo que espera. Nos parece que nos pide una señal, una chispa, un primer mandamiento. No podemos saber qué palabra tenemos que ofrecer, ni tampoco qué gran obra espera presenciar esta tierra. Sabemos que espera. Parece decir que tiene grandes regalos que brindarnos, pero desea un regalo mayor de nuestra parte. Nosotros somos quienes tenemos que hablar. Nosotros tenemos que darle su objetivo, su más alto significado a todo este espacio resplandeciente de roca y cielo.

Miramos hacia adelante, rogamos a nuestro corazón que nos guíe en responder esta llamada que ninguna voz ha pronunciado, pero que nosotros hemos escuchado. Miramos nuestras

our hands. We see the dust of centuries, the dust which hid the great secrets and perhaps great evils. And yet it stirs no fear within our heart, but only silent reverence and pity.

May knowledge come to us! What is the secret our heart has understood and yet will not reveal to us, although it seems to beat as if it were endeavoring to tell it?

manos. Vemos el polvo de siglos, el polvo que escondía los grandes secretos y quizá grandes males. Y sin embargo eso no infunde ningún temor en nuestro corazón, sino únicamente silenciosa reverencia y piedad.

¡Que el conocimiento venga a nosotros! ¿Cuál es el secreto que nuestro corazón ha comprendido y todavía no nos revela, aunque parece latir como si estuviera intentando expresarlo?

PART ELEVEN

I am. I think. I will.

My hands... My spirit... My sky... My forest... This earth of mine.... What must I say besides? These are the words. This is the answer.

I stand here on the summit of the mountain. I lift my head and I spread my arms. This, my body and spirit, this is the end of the quest. I wished to know the meaning of things. I am the meaning. I wished to find a warrant for being. I need no warrant for being, and no word of sanction upon my being. I am the warrant and the sanction.

It is my eyes which see, and the sight of my eyes grants beauty to the earth. It is my ears which hear, and the hearing of my ears gives its song to the world. It is my mind which thinks, and the judgement of my mind is the only searchlight that can find the truth. It is my will which chooses, and the choice of my will is the only edict I must respect.

Many words have been granted me, and some are wise, and some are false, but only three are holy: "I will it!"

UNDÉCIMA PARTE

Yo soy. Yo pienso. Yo decido.

Mis manos... Mi espíritu... Mi cielo... Mi bosque... Esta tierra mía... ¿Qué más debo decir? Estas son las palabras. Esta es la respuesta.

Estoy aquí en la cima de la montaña. Alzo mi cabeza y extiendo mis brazos. Este, mi cuerpo y espíritu, este es el final de la búsqueda. Deseaba conocer el significado de las cosas. Yo soy el significado. Deseaba encontrar una justificación para existir. No necesito ninguna justificación para existir, y ninguna palabra de sanción sobre mi existencia. Yo soy la justificación y la sanción.

Son mis ojos los que ven, y la mirada de mis ojos confiere belleza a la tierra. Son mis ojos los que oyen, y la facultad de oír de mis oídos aporta al mundo su canción. Es mi mente la que piensa, y el juicio de mi mente es la única luz de guía que puede encontrar la verdad. Es mi voluntad la que elige, y la elección de mi voluntad es el único edicto que debo respetar.

Muchas palabras me han sido concedidas, y algunas son sabias, y algunas son falsas, pero solo tres son sagradas: «¡Yo lo

Whatever road I take, the guiding star is within me; the guiding star and the loadstone which point the way. They point in but one direction. They point to me.

I know not if this earth on which I stand is the core of the universe or if it is but a speck of dust lost in eternity. I know not and I care not. For I know what happiness is possible to me on earth. And my happiness needs no higher aim to vindicate it. My happiness is not the means to any end. It is the end. It is its own goal. It is its own purpose.

Neither am I the means to any end others may wish to accomplish. I am not a tool for their use. I am not a servant of their needs. I am not a bandage for their wounds. I am not a sacrifice on their altars.

I am a man. This miracle of me is mine to own and keep, and mine to guard, and mine to use, and mine to kneel before!

I do not surrender my treasures, nor do I share them. The fortune of my spirit is not to be blown into coins of brass and flung to the winds as alms for the poor of the spirit. I guard my treasures: my thought, my will, my freedom. And the greatest of these is freedom.

I owe nothing to my brothers, nor do I gather debts from them. I ask none to live for me, nor do I live for any others. I covet no man's soul, nor is my soul theirs to covet.

I am neither foe nor friend to my brothers, but such as each of them shall deserve of me. And to earn my love, my brothers must do more than to have been born. I do not grant my love without reason, nor to any chance passer-by who may wish to claim it. I honor men with my love. But honor is a thing to be earned.

I shall choose friends among men, but neither slaves nor masters. And I shall choose only such as please me, and them I

decido!»

Cualquier senda que tome, la estrella guía está dentro de mí; la estrella guía y la brújula que indica el camino. Ambas apuntan en una sola dirección. Ambas apuntan hacia mí.

Desconozco si esta tierra en la que estoy es el centro del universo o si no es más que una mota de polvo perdida en la eternidad. No lo sé y no me importa. Pues sé qué felicidad es posible para mí en la tierra. Y mi felicidad no necesita ninguna finalidad más elevada para justificarse. Mi felicidad no es el medio para ningún fin. Ella es el fin. Ella es su propio objetivo. Ella es su propio propósito.

Tampoco yo soy el medio para cualquier fin que otros pudieran desear alcanzar. Yo no soy una herramienta a su disposición. Yo no soy un sirviente de sus necesidades. Yo no soy un vendaje para sus heridas. Yo no soy un sacrificio en sus altares.

Yo soy un hombre. ¡Este milagro que soy yo es mío para poseerlo y conservarlo, y mío para protegerlo, y mío para usarlo, y mío para arrodillarme ante él!

Yo no renuncio a mis tesoros, ni tampoco los comparto. La fortuna de mi espíritu no puede ser fundida en monedas de latón y lanzada al viento como limosna para los pobres de espíritu. Yo protejo mis tesoros: mi pensamiento, mi voluntad, mi libertad. Y el mayor de ellos es la libertad.

Yo no debo nada a mis hermanos, ni tampoco recaudo deudas de ellos. Yo no pido a nadie que viva para mí, ni tampoco yo vivo para otros. Yo no codicio el alma de ningún hombre, ni tampoco mi alma puede ser codiciada por ellos.

No soy enemigo ni amigo de mis hermanos, sino en la medida en que cada uno de ellos lo merezca de mí. Y para ganarse mi amor, mis hermanos deben hacer algo más que haber nacido. Yo no concedo mi amor sin motivo, ni tampoco a cualquiera que pase y que pueda desear reclamarlo. Yo honro a los hombres con mi amor. Pero el honor es algo que debe ganarse.

Yo elegiré amigos entre los hombres, pero ni esclavos ni amos. Y yo elegiré solo como me plazca, y a ellos les amaré y

shall love and respect, but neither command nor obey. And we shall join our hands when we wish, or walk alone when we so desire. For in the temple of his spirit, each man is alone. Let each man keep his temple untouched and undefiled. Then let him join hands with others if he wishes, but only beyond his holy threshold.

For the word "We" must never be spoken, save by one's choice and as a second thought. This word must never be placed first within man's soul, else it becomes a monster, the root of all the evils on earth, the root of man's torture by men, and of an unspeakable lie.

The word "We" is as lime poured over men, which sets and hardens to stone, and crushes all beneath it, and that which is white and that which is black are lost equally in the grey of it. It is the word by which the depraved steal the virtue of the good, by which the weak steal the might of the strong, by which the fools steal the wisdom of the sages.

What is my joy if all hands, even the unclean, can reach into it? What is my wisdom, if even the fools can dictate to me? What is my freedom, if all creatures, even the botched and the impotent, are my masters? What is my life, if I am but to bow, to agree and to obey?

But I am done with this creed of corruption.

I am done with the monster of "We," the word of serfdom, of plunder, of misery, falsehood and shame.

And now I see the face of god, and I raise this god over the earth, this god whom men have sought since men came into being, this god who will grant them joy and peace and pride.

This god, this one word:

"I."

les respetaré, pero ni les ordenaré ni les obedeceré. Y uniremos nuestras manos cuando queramos, o caminaremos solos cuando así lo deseemos. Pues en el templo de su espíritu, cada hombre está solo. Que cada hombre conserve su templo intacto e impoluto. Y que entonces pueda unir sus manos con otros si lo desea, pero solo más allá de su umbral sagrado.

Pues la palabra «Nosotros» nunca debe ser pronunciada, salvo por propia elección y como un segundo pensamiento. Esta palabra nunca debe ser situada en primer lugar en el interior del alma del hombre, o de lo contrario se convertirá en un monstruo, la raíz de todos los males de la tierra, la raíz de la tortura del hombre por los hombres, y de una indecible mentira.

La palabra «Nosotros» es como cal derramada sobre los hombres, que los solidifica y endurece hasta hacerlos de piedra, y que aplasta todo bajo ella, y aquello que es blanco y aquello que es negro se pierden igualmente en su gris. Es la palabra mediante la cual los depravados roban la virtud de los buenos, mediante la cual los débiles roban el vigor de los fuertes, mediante la cual los necios roban la sabiduría de los sabios.

¿Qué es mi alegría si todas las manos, incluso las inmundas, pueden aprehenderla? ¿Qué es mi sabiduría, si incluso los necios pueden darme órdenes? ¿Qué es mi libertad, si todas las criaturas, incluso las ineptas y las impotentes, son mis dueñas? ¿Qué es mi vida, si no puedo hacer otra cosa más que inclinarme, asentir y obedecer?

Pero yo he acabado con este credo de corrupción.

Yo he acabado con el monstruo del «Nosotros», la palabra de servidumbre, de saqueo, de miseria, de falsedad y de vergüenza.

Y ahora veo el rostro de dios, y enaltezco a este dios sobre la tierra, este dios a quien los hombres han buscado desde que los hombres comenzaron a existir, este dios que les concederá alegría y paz y orgullo.

Este dios, esta única palabra:

«Yo».

PART TWELVE

It was when I read the first of the books I found in my house that I saw the word "I." And when I understood this word, the book fell from my hands, and I wept, I who had never known tears. I wept in deliverance and in pity for all mankind.

I understood the blessed thing which I had called my curse. I understood why the best in me had been my sins and my transgressions; and why I had never felt guilt in my sins. I understood that centuries of chains and lashes will not kill the spirit of man nor the sense of truth within him.

I read many books for many days. Then I called the Golden One, and I told her what I had read and what I had learned. She looked at me and the first words she spoke were:

"I love you."

Then I said:

"My dearest one, it is not proper for men to be without names. There was a time when each man had a name of his own to distinguish him from all other men. So let us choose our

DUODÉCIMA PARTE

Fue cuando leí el primero de los libros que encontré en mi casa cuando vi la palabra «Yo». Y cuando entendí esta palabra, el libro se me cayó de las manos, y lloré, yo que nunca había conocido las lágrimas. Lloré de liberación y de lástima por toda la humanidad.

Entendí el objeto sagrado que yo había llamado mi maldición. Entendí por qué lo mejor en mí habían sido mis pecados y mis transgresiones; y por qué nunca había sentido culpa por mis pecados. Entendí que siglos de cadenas y látigos no matarán el espíritu del hombre ni tampoco el sentido de la verdad en su interior.

Leí muchos libros durante muchos días. Luego llamé a La Dorada, y le conté lo que había leído y lo que había aprendido. Ella me miró y las primeras palabras que dijo fueron:

«Yo te amo.»

Entonces yo dije:

«Mi querida, no corresponde a los hombres estar sin nombres. Hubo un tiempo en el que cada hombre tenía un nombre de su propiedad para distinguirle de todos los demás hombres.

names. I have read of a man who lived many thousands of years ago, and of all the names in these books, his is the one I wish to bear. He took the light of the gods and he brought it to men, and he taught men to be gods. And he suffered for his deed as all bearers of light must suffer. His name was Prometheus."

"It shall be your name," said the Golden One.

"And I have read of a goddess," I said, "who was the mother of the earth and of all the gods. Her name was Gaea. Let this be your name, my Golden One, for you are to be the mother of a new kind of gods."

"It shall be my name," said the Golden One.

Now I look ahead. My future is clear before me. The Saint of the pyre had seen the future when he chose me as his heir, as the heir of all the saints and all the martyrs who came before him and who died for the same cause, for the same word, no matter what name they gave to their cause and their truth.

I shall live here, in my own house. I shall take my food from the earth by the toil of my own hands. I shall learn many secrets from my books. Through the years ahead, I shall rebuild the achievements of the past, and open the way to carry them further, the achievements which are open to me, but closed forever to my brothers, for their minds are shackled to the weakest and dullest ones among them.

I have learned that my power of the sky was known to men long ago; they called it Electricity. It was the power that moved their greatest inventions. It lit this house with light which came from those globes of glass on the walls. I have found the engine which produced this light. I shall learn how to repair it and how to make it work again. I shall learn how to use the wires which carry this power. Then I shall build a barrier of wires around my home, and across the paths which lead to my home; a barrier light as a cobweb, more impassable than a wall of gra-

Así que elijamos nuestros nombres. He leído sobre un hombre que vivió hace varios miles de años, y de todos los nombres en estos libros, el suyo es el que deseo llevar. Él tomó la luz de los dioses y se la llevó a los hombres, y enseñó a los hombres a ser dioses. Y sufrió por ese acto como todos los portadores de luz deben sufrir. Su nombre era Prometeo.»

«Ese será tu nombre», dijo La Dorada.

«Y he leído acerca de una diosa», dije, «que era la madre de la tierra y de todos los dioses. Su nombre era Gea. Que este sea tu nombre, mi Dorada, pues tú serás la madre de una nueva especie de dioses.»

«Ese será mi nombre», dijo La Dorada.

Ahora miro adelante. Mi futuro está claro ante mí. El Santo de la pira había visto el futuro cuando me eligió como su heredero, como el heredero de todos los santos y todos los mártires que vinieron antes que él y que murieron por la misma causa, por la misma palabra, sin importar el nombre que dieron a su causa y a su verdad.

Viviré aquí, en mi propia casa. Tomaré mi alimento de la tierra con el esfuerzo de mis propias manos. Aprenderé muchos secretos de mis libros. A través de los años que están por venir, reconstruiré los logros del pasado, y abriré el camino para llevarlos más lejos, los logros que están abiertos para mí, pero cerrados para siempre a mis hermanos, pues sus mentes están sometidas a los más débiles y a los más mediocres entre ellos.

He aprendido que mi poder del cielo era conocido por los hombres hace mucho; ellos lo llamaban Electricidad. Era el poder que movía sus más grandes inventos. Iluminó esta casa con luz que venía de las esferas de cristal de las paredes. He encontrado el motor que produce esta luz. Aprenderé cómo repararlo y cómo hacer que funcione de nuevo. Aprenderé cómo usar los cables que conducen este poder. Luego construiré una barrera de alambres alrededor de mi casa, y a través de los senderos que conducen hasta mi casa; una barrera ligera como una tela de araña, más infranqueable que un muro de granito; una barre-

nite; a barrier my brothers will never be able to cross. For they have nothing to fight me with, save the brute force of their numbers. I have my mind.

Then here, on this mountaintop, with the world below me and nothing above me but the sun, I shall live my own truth. Gaea is pregnant with my child. Our son will be raised as a man. He will be taught to say "I" and to bear the pride of it. He will be taught to walk straight and on his own feet. He will be taught reverence for his own spirit.

When I shall have read all the books and learned my new way, when my home will be ready and my earth tilled, I shall steal one day, for the last time, into the cursed City of my birth. I shall call to me my friend who has no name save International 4-8818, and all those like him, Fraternity 2-5503, who cries without reason, and Solidarity 9-6347 who calls for help in the night, and a few others. I shall call to me all the men and the women whose spirit has not been killed within them and who suffer under the yoke of their brothers. They will follow me and I shall lead them to my fortress. And here, in this uncharted wilderness, I and they, my chosen friends, my fellow-builders, shall write the first chapter in the new history of man.

These are the things before me. And as I stand here at the door of glory, I look behind me for the last time. I look upon the history of men, which I have learned from the books, and I wonder. It was a long story, and the spirit which moved it was the spirit of man's freedom. But what is freedom? Freedom from what? There is nothing to take a man's freedom away from him, save other men. To be free, a man must be free of his brothers. That is freedom. That and nothing else.

At first, man was enslaved by the gods. But he broke their chains. Then he was enslaved by the kings. But he broke their chains. He was enslaved by his birth, by his kin, by his race. But he broke their chains. He declared to all his brothers that a man has rights which neither god nor king nor other men can

ra que mis hermanos nunca serán capaces de cruzar. Pues no tienen nada con qué combatirme, salvo la fuerza bruta de sus números. Yo tengo mi mente.

Luego aquí, en la cima de esta montaña, con el mundo debajo de mí y nada por encima de mí salvo el sol, viviré mi propia verdad. Gea está embarazada de mi hijo. Nuestro hijo será criado como un hombre. Aprenderá a decir «Yo» y a sentirse orgulloso de ello. Aprenderá a caminar erguido sobre sus propios pies. Aprenderá a venerar su propio espíritu.

Cuando haya leído todos los libros y haya decidido mi nuevo camino, cuando mi hogar esté listo y mi tierra labrada, me internaré un día, por última vez, en la maldita Ciudad en que nací. Llamaré a mi lado a mi amigo que no tiene más nombre que Internacional 4-8818, y a todos aquellos como él, Fraternidad 2-5503, que llora sin motivo, y Solidaridad 9-6347 que implora ayuda por la noche, y a otros pocos. Llamaré a mi lado a todos los hombres y las mujeres cuyo espíritu no ha sido asesinado en su interior y que sufren bajo el yugo de sus hermanos. Ellos me seguirán y yo les conduciré a mi fortaleza. Y aquí, en este vergel inexplorado, yo y ellos, mis escogidos amigos, mis afines constructores, escribiremos el primer capítulo de la nueva historia del hombre.

Estas son las cosas que tengo ante mí. Y estando aquí en el umbral de la gloria, miro hacia atrás por última vez. Contemplo la historia del hombre, que he aprendido en los libros, y me pregunto. Fue una larga historia, y el espíritu que la movió fue el espíritu de la libertad humana. Pero ¿qué es la libertad? ¿Libertad de qué? No hay nada que pueda arrebatar a un hombre su libertad, salvo otros hombres. Para ser libre, un hombre debe ser libre de sus hermanos. Eso es la libertad. Eso y nada más.

Al principio, el hombre fue esclavizado por los dioses. Pero rompió sus cadenas. Más tarde fue esclavizado por los reyes. Pero rompió sus cadenas. Fue esclavizado por su nacimiento, por su parentela, por su raza. Pero rompió sus cadenas. Declaró a todos sus hermanos que un hombre tiene derechos que ni dios

take away from him, no matter what their number, for his is the right of man, and there is no right on earth above this right. And he stood on the threshold of the freedom for which the blood of the centuries behind him had been spilled.

But then he gave up all he had won, and fell lower than his savage beginning.

What brought it to pass? What disaster took their reason away from men? What whip lashed them to their knees in shame and submission? The worship of the word "We."

When men accepted that worship, the structure of centuries collapsed about them, the structure whose every beam had come from the thought of some one man, each in his day down the ages, from the depth of some one spirit, such spirit as existed but for its own sake. Those men who survived —those eager to obey, eager to live for one another, since they had nothing else to vindicate them— those men could neither carry on, nor preserve what they had received. Thus did all thought, all science, all wisdom perish on earth. Thus did men —men with nothing to offer save their great number— lost the steel towers, the flying ships, the power wires, all the things they had not created and could never keep. Perhaps, later, some men had been born with the mind and the courage to recover these things which were lost; perhaps these men came before the Councils of Scholars. They were answered as I have been answered —and for the same reasons.

But I still wonder how it was possible, in those graceless years of transition, long ago, that men did not see whither they were going, and went on, in blindness and cowardice, to their fate. I wonder, for it is hard for me to conceive how men who knew the word "I" could give it up and not know what they lost. But such has been the story, for I have lived in the City of

ni un rey ni ningún otro hombre pueden arrebatarle, sin importar cuál sea su número, pues suyo es el derecho del hombre, y no existe derecho en la tierra por encima de este derecho. Y se mantuvo firme en el umbral de la libertad por la cual la sangre de los siglos anteriores había sido derramada.

Pero entonces renunció a todo lo que había ganado, y cayó aún más abajo que su feroz comienzo.

¿Qué lo llevó al pasado? ¿Qué desastre arrebató la razón a los hombres? ¿Qué látigo los azotó hasta caer de rodillas con vergüenza y sumisión? La adoración de la palabra «Nosotros».

Cuando los hombres aceptaron esa adoración, la estructura de siglos colapsó en torno a ellos, la estructura cuyos cimientos todos habían salido del pensamiento de un algún solo hombre, cada uno en su tiempo a lo largo de los años, desde la profundidad de algún solo espíritu, un espíritu tal que no existía para nadie más que para sí mismo. Aquellos hombres que sobrevivieron —aquellos ansiosos por obedecer, ansiosos por vivir unos para los otros, ya que no tenían nada más que los justificara— aquellos hombres no pudieron ni continuar, ni preservar lo que habían recibido. Así pereció todo el pensamiento, toda la ciencia, toda la sabiduría de la tierra. Así los hombres —hombres sin nada que ofrecer salvo su gran número— perdieron las torres de acero, las aeronaves, los cables de energía, todas las cosas que ellos no habían creado y que nunca pudieron retener. Quizá, más tarde, algunos hombres nacieron con la mente y el coraje para recuperar estas cosas que estaban perdidas; quizá estos hombres se presentaron ante los Consejos de Eruditos. Les respondieron como me respondieron a mí —y por las mismas razones.

Pero me sigo preguntando cómo fue posible, en aquellos años desdichados de transición, hace mucho tiempo, que los hombres no vieran más claro hacia dónde estaban dirigiéndose, y prosiguieran, con ceguera y cobardía, hacia su destino. Me lo pregunto, pues es duro para mí concebir cómo hombres que conocían la palabra «Yo» pudieron renunciar a ella y no saber lo que habían perdido. Pero así ha sido la historia, pues yo he

the damned, and I know what horror men permitted to be brought upon them.

Perhaps, in those days, there were a few among men, a few of clear sight and clean soul, who refused to surrender that word. What agony must have been theirs before that which they saw coming and could not stop! Perhaps they cried out in protest and in warning. But men paid no heed to their warning. And they, these few, fought a hopeless battle, and they perished with their banners smeared by their own blood. And they chose to perish, for they knew. To them, I send my salute across the centuries, and my pity.

Theirs is the banner in my hand. And I wish I had the power to tell them that the despair of their hearts was not to be final, and their night was not without hope. For the battle they lost can never be lost. For that which they died to save can never perish. Through all the darkness, through all the shame of which men are capable, the spirit of man will remain alive on this earth. It may sleep, but it will awaken. It may wear chains, but it will break through. And man will go on. Man, not men.

Here on this mountain, I and my sons and my chosen friends shall build our new land and our fort. And it will become as the heart of the earth, lost and hidden at first, but beating, beating louder each day. And word of it will reach every corner of the earth. And the roads of the world will become as veins which will carry the best of the world's blood to my threshold. And all my brothers, and the Councils of my brothers, will hear of it, but they will be impotent against me. And the day will come when I shall break all the chains of the earth, and raze the cities of the enslaved, and my home will become the capital of a world where each man will be free to exist for his own sake.

For the coming of that day shall I fight, I and my sons and my chosen friends. For the freedom of Man. For his rights. For

vivido en la Ciudad de los malditos, y sé qué horror los hombres permitían que fuera promovido sobre ellos.

Quizá, en aquellos días, hubo algunos entre los hombres, unos pocos de mirada clara y alma limpia, que se negaron a renunciar a esa palabra. ¡Qué agonía debió haber sido la suya ante lo que vieron venir y no pudieron detener! Quizá protestaron y advirtieron a gritos. Pero los hombres no prestaron atención a su advertencia. Y ellos, estos pocos, lucharon una batalla sin esperanza, y perecieron con sus emblemas empapados en su propia sangre. Y eligieron perecer, pues ellos comprendieron. A ellos, les envío mi reconocimiento a través de los siglos, y mi piedad.

Suyo es el emblema en mi mano. Y me gustaría tener la fuerza para decirles que la desesperación de sus corazones no debió ser definitiva, y que su noche no debió estar exenta de esperanza. Pues la batalla que perdieron no puede perderse jamás. Pues aquello por cuya salvación murieron no puede perecer jamás. A través de toda la oscuridad, a través de toda la vergüenza de que son capaces los hombres, el espíritu del hombre permanecerá vivo en esta tierra. Puede que duerma, pero despertará. Puede que lleve cadenas, pero se liberará. Y el hombre continuará avanzando. El hombre, no los hombres.

Aquí en esta montaña, yo y mis hijos y mis escogidos amigos construiremos nuestra nueva tierra y nuestro fuerte. Y llegará a ser como el corazón de la tierra, perdido y escondido al principio, pero latiendo, latiendo más fuerte cada día. Y noticias de él alcanzarán cada rincón de la tierra. Y las carreteras del mundo llegarán a ser como arterias que traerán lo mejor de la sangre del mundo hasta mi puerta. Y todos mis hermanos, y los Consejos de mis hermanos, sabrán de ello, pero serán impotentes contra mí. Y llegará el día en que romperé todas las cadenas de la tierra, y asolaré las ciudades de los esclavizados, y mi hogar llegará a ser la capital de un mundo donde cada hombre será libre de existir para sí mismo.

Para la llegada de ese día lucharé, yo y mis hijos y mis escogidos amigos. Por la libertad del Hombre. Por sus derechos.

his life. For his honor.

And here, over the portals of my fort, I shall cut in the stone the word which is to be my beacon and my banner. The word which will not die, should we all perish in battle. The word which can never die on this earth, for it is the heart of it and the meaning and the glory.

The sacred word:

EGO

Por su vida. Por su honor.

Y aquí, sobre la columnata de mi fuerte, grabaré en la piedra la palabra que será mi faro y mi emblema. La palabra que no morirá, aunque todos perezcamos en la batalla. La palabra que no puede morir en esta tierra, pues es su corazón, su significado y su gloria.

La palabra sagrada:

EGO

CPSIA information can be obtained at www.ICGtesting.com
Printed in the USA
LVOW11s2133171214

419354LV00001B/143/P